# थके पाँव से बारह कोस

# थके पाँव से बारह कोस

नीरज नीर

ज्ञान गंगा, दिल्ली

प्रकाशक : ज्ञान गंगा, 2/42, अंसारी रोड, दरियागंज, नई दिल्ली–110002
सर्वाधिकार : सुरक्षित / संस्करण : प्रथम, 2023 / पेपरबैक मूल्य : तीन सौ रुपए
मुद्रक : आर–टेक ऑफसेट प्रिंटर्स, दिल्ली ISBN 978-81-963553-4-0

**THAKE PAON SE BARAH KOS**

*Stories by* Shri Neeraj Neer ₹ 300.00 (PB)

Published by **GYAN GANGA**

2/42, Ansari Road, Daryaganj, New Delhi-110002

उस समाज को,
जहाँ से इन कहानियों के
कथानक और पात्र आते हैं।

# भूमिका

"जादूगर का जादू हाथों का कमाल है…इधर ध्यान दीजिए मेहरबान, पलक झपकते ही खेल हो जाएगा और आपके हाथों में बस सवाल रह जाएगा कि आखिर यह हुआ कैसे?" 'थके पाँव से बारह कोस' संग्रह की कहानी 'जादूगर और लाल पान की बेगम' का यह सवाल नीरज नीर की कथा-दृष्टि और सरोकार को समझने के लिए पर्याप्त है। 'आखिर ये हुआ कैसे' जैसे सवालों और संशयों से ही ये कहानियाँ संभव हुई हैं। नीरज नीर दृश्यमान सत्य और अदीठ सत्य के बीच हठात् खड़े प्रश्नों के जरिए मनुष्य की विडंबना की कहानियाँ कहनेवाले कथाकार हैं।

नीरज नीर अपनी पीढ़ी के उन कथाकारों में हैं, जिनकी कहानियों में मामूली आदमी की उस शक्ति की शिनाख्त मिलती है, जिसके बूते वह अपनी नियति के बरक्स तनकर खड़ा होता है। इसके लिए वह कहानी का विषय तलाशने की अनावश्यक कसरत नहीं करते, बल्कि अपने आसपास उपस्थित मामूली आदमी के मामूलीपन में कथा-सूत्र तलाशते हैं और उसकी गरिमा को उद्भासित करते हैं। इस संग्रह की कहानियों में जो लोग हैं, उनकी नियतियों में हम अपनी नियतियों के अक्स पाते हैं और आश्चर्य कि हम इनसे अनजान और अनभिज्ञ हैं। दरअसल, नीरज नीर अपनी इन कहानियों के माध्यम से हमारे भीतर की संवेदना को उद्दीप्त करते हैं, हमारी बेहिसी को झकझोरते हैं और हमारी तटस्थता को संबोधित करते हैं। संग्रह

की हर कहानी एक–दूसरे से जितनी जुदा है, उतनी ही आपस में जुड़ी हुई है। कथ्य चाहे भिन्न हो, मनुष्यता की पक्षधरता का स्वर समान है। 'दर्द न जाने कोय', 'आपके इंतजार में', 'कलंकिनी', 'पागलखाना' और 'इज्जत' जैसी कहानियाँ स्त्री जीवन की विडंबना के हवाले से पितृसत्ता से सवाल करती हैं तो 'जादूगर और लाल पान की बेगम', 'हाकिम का पाजामा' और 'उजड़े सफर में मेघ मल्हार' ताकतवर सत्ताओं की दुरभिसंधियों के विरुद्ध अपनी इयत्ता के लिए टूटते, जूझते और खड़े होते लोगों की जिजीविषा को चिह्नित करती हैं। नीरज नीर के पास कहानी कहने की कला है और उसे भिन्न कथा स्थितियों, पात्रों और परिवेश के अनुरूप बरतने की सलाहियत है। किस्सागोई अगर इन कहानियों को आत्मीय बनाती है तो कहन की सादगी चकित करती है। फंतासी और रूपक के प्रयोग से कई कहानियाँ अपना अद्भुत अभीष्ट पाती हैं। ये कहानियाँ विभिन्न पत्र–पत्रिकाओं में छपकर पाठकों का स्नेह पा चुकी हैं। अब ये कहानियाँ समेकित रूप से इस संग्रह में उपस्थित हैं। यकीन है, ये कहानियाँ पाठकों की चेतना और संवेदना को गहरे तक स्पर्श करेंगी और देर तक स्मृति में बनी रहेंगी।

**—अवधेश प्रीत**
वरिष्ठ साहित्यकार
पटना

# अपने मन की बात

अपनी बात की शुरुआत इस कथा संकलन के शीर्षक से ही करना चाहता हूँ। संकलन की पांडुलिपि जब तैयार हो गई तो मैं ऐसे किसी शीर्षक की तलाश में था, जो संकलन में शामिल सभी कहानियों का प्रतिनिधित्व कर सके। सामान्य रूप से लोग अपनी किसी ज्यादा प्रचलित कहानी का शीर्षक संकलन के शीर्षक के रूप में प्रयोग कर लेते हैं। लेकिन मैं चाहता था कि शीर्षक ऐसा हो, जो किसी एक कहानी का नहीं हो, लेकिन उसे किसी भी कहानी के शीर्षक के बतौर अगर प्रयोग कर लिया जाए तो ऐसा लगे कि वह उस कहानी के लिए भी बिल्कुल उपयुक्त शीर्षक है। इस संबंध में कई मित्रों से बात हुई। शिरोमणि महतो, नीलोत्पल रमेश ने कुछ नाम सुझाए, लेकिन बात नहीं बनी। इसी क्रम में एक लंबा समय बीत गया और अंततः मैंने पांडुलिपि बिना शीर्षक के ही प्रकाशक को भेज दी। प्रकाशक से स्वीकृति के बाद चिंता इस बात की हुई कि अब तो जल्दी से कोई शीर्षक रख लिया जाए। कई शीर्षकों पर विचार किया और अंततः एक दिन एक शीर्षक खयाल में आया 'थके पाँव से बारह कोस'। इस शीर्षक से लगा कि यह सभी कहानियों के भावों को अभिव्यंजित करने में सक्षम है। आम आदमी की पीड़ा और उसके संघर्षों को व्यक्त करने के लिए यह एक बेहतर शीर्षक हो सकता है। शीर्षक पर विचार करने के बाद सुपरिचित कथाकार कमलेश को यह शीर्षक भेजकर उनसे राय माँगी।

कमलेश ने चूँकि मेरी लगभग सारी कहानियाँ, जो विभिन्न पत्र-पत्रिकाओं में प्रकाशित हुई थीं, पढ़ी हुई थी, इसलिए मुझे लगा कि उनकी राय उपयुक्त होगी। उन्होंने तुरंत ही शीर्षक पर हामी भर दी और कहा कि इस शीर्षक में एक रिदम है। इसमें श्रम की जीत और थके-हारे लोगों का पक्ष है।

जब पांडुलिपि तैयार कर रहा था तो इसके लिए शुरू में मैंने अठारह कहानियों का चुनाव किया था और तय किया था, इनमें से पाँच-छह कहानियाँ हटा दूँगा। पांडुलिपि तैयार करने के बाद इसे शिरोमणि महतो और वरिष्ठ साहित्यकार प्रो. अशोक प्रियदर्शी को पढ़ने के लिए दिया और उनसे इनपर उनकी राय माँगी और यह भी कहा कि बारह-तेरह कहानियाँ, जो उन्हें अच्छी लगें, वे बताएँ। उन दोनों की राय के बाद कुछ कहानियों पर दुबारा काम किया और अंततः बारह कहानियाँ जो इस संकलन में हैं, उनका अंतिम चुनाव किया। मैं इन दोनों का इस सहायता के लिए आभार व्यक्त करता हूँ। पांडुलिपि बनाने के दौरान नीलोत्पल रमेश से भी समय-समय पर बात होती रही। उनके सहयोग के लिए भी धन्यवाद देना चाहता हूँ।

पांडुलिपि बन जाने के बाद प्रकाशक का चुनाव भी एक कठिन काम होता है। मेरा पहला संकलन 'ढुकनी एवं अन्य कहानियाँ' चूँकि प्रभात प्रकाशन से आया था और मेरा अनुभव उनके साथ अच्छा रहा था, इसलिए मेरा विचार था कि एक बड़े प्रकाशक को, जिसके साथ अनुभव भी अच्छा रहा हो, को छोड़कर अन्य कहीं जाना उचित नहीं है। यद्यपि कई मित्रों ने दूसरे प्रकाशकों के बारे में भी सलाह दी, लेकिन अंततः मैंने अपने निर्णय पर ही टिके रहना पसंद किया। पांडुलिपि भेजने के कुछ समय बाद ही अपनी दिल्ली यात्रा के दौरान मेरी मुलाकात प्रभात प्रकाशन के मालिक पीयूषजी से हुई तो उन्होंने वादा किया कि वे शीघ्र ही पुस्तक को लाने की चेष्टा करेंगे। अपने वादे के मुताबिक लगभग चार महीनों में ही पांडुलिपि प्रूफ के लिए उन्होंने मेरे पास भेज दी। इस हेतु प्रभात प्रकाशन का मैं आभार प्रकट करना चाहता हूँ।

अब बात कहानियों की। इस संकलन में कुल 12 कहानियाँ संकलित हैं। इन कहानियों की बात करते हुए प्रसिद्ध कथाकार अवधेश प्रीत इसी किताब की भूमिका में लिखते हैं कि "नीरज नीर कहानी का विषय तलाशने की अनावश्यक कसरत नहीं करते, बल्कि अपने आसपास उपस्थित मामूली आदमी के मामूलीपन में कथा-सूत्र तलाशते हैं और उसकी गरिमा को उद्‌भासित करते हैं।"

यह सत्य है कि इस संकलन की ज्यादातर कहानियों के सूत्र समाज के जीते-जागते चरित्रों के जीवन और घटनाओं से पकड़े गए हैं और इस संकलन की कहानियों में ही नहीं बल्कि मेरी अब तक लिखी लगभग सभी कहानियों में ऐसा ही है। समाज की विडंबनाओं, विसंगतियों, आडंबरों को कथा के माध्यम से प्रस्तुत करने की कोशिश मैंने की है और इनके लिए पात्र और कथानक अपने आस-पास से ही उठाए हैं। कई बार अलग-अलग परिप्रेक्ष्य की घटनाओं, अनुभवों को जरूरत के अनुसार कहानी में कल्पना, शिल्प और शब्दावलियों के सहारे एक जगह दर्ज किया गया है।

संकलन की सभी कहानियाँ राष्ट्रीय स्तर की विभिन्न प्रतिष्ठित पत्र-पत्रिकाओं में समय-समय पर प्रकाशित हुई हैं। कई कहानियाँ एकाधिक बार संपादकों द्वारा अस्वीकृत की गईं। जिनपर पुनः कुछ काम करने के बाद वे दूसरी बड़ी पत्रिका में प्रकाशित हुईं। कई बार ऐसा भी हुआ कि जो कहानी एक पत्रिका में अस्वीकृत हुई, वही कहानी उसी रूप में दूसरी समतुल्य बड़ी पत्रिका में प्रकाशित हो गई। एक कहानी का जिक्र इस संबंध में करना चाहता हूँ, जिसका शीर्षक है—'हाकिम का पाजामा'। यह कहानी दिल्ली की एक सरकारी पत्रिका से अस्वीकृत होकर आ गई। यही कहानी जब मध्य प्रदेश की एक पत्रिका में प्रकाशित हुई तो खासी चर्चित हुई। पत्रिका के अगले अंक के चार पन्नों में इस कहानी के ऊपर पाठकीय चर्चा और प्रतिक्रिया प्रकाशित हुई। मध्य प्रदेश के खंडवा में इस कहानी पर परिचर्चा का आयोजन भी किया गया। इसी तरह 'जादूगर और लाल पान

की बेगम' भी पहले एक पत्रिका से अस्वीकृत होने के बाद दिल्ली की एक महत्त्वपूर्ण पत्रिका में प्रकाशित हुई। कहानी 'दर्द न जाने कोय' बहुप्रकाशित और बहुचर्चित कहानी रही। जिसपर ढेर सारी पाठकीय प्रतिक्रियाएँ मिलीं और एक जगह छपने के बाद दूसरी जगह माँगकर छापी गई।

संपूर्ण संकलन कैसा बन पड़ा है, यह तो आप पाठक ही बता पाएँगे। आपकी प्रतिक्रिया की प्रतीक्षा रहेगी।

इस संकलन के आने में किसी-न-किसी रूप में सहयोग करनेवाले सभी मित्रों, शुभेच्छुओं का मैं आभार व्यक्त करता हूँ और आशा करता हूँ कि इस कथा-संकलन को भरपूर प्यार मिलेगा और संकलन की कहानियाँ आपकी अपेक्षाओं पर खरी उतरेंगी।

तृतीया कृष्ण पक्ष ज्येष्ठ, संवत् 2080

**—नीरज नीर**
बुद्ध विहार, राँची (झारखंड)

# अनुक्रम

# 1

# जादूगर और लाल पान की बेगम

"जादूगर का जादू हाथों का कमाल है···इधर ध्यान दीजिए मेहरबान, पलक झपकते ही खेल हो जाएगा और आपके हाथों में बस सवाल रह जाएगा कि आखिर यह हुआ कैसे?"

उत्सुक निगाहों के आकर्षण-केंद्र जादूगर ने एक काला लबादा पहना हुआ था और उसने अपने चेहरे को मुखौटे से अच्छी तरह ढँक रखा था। वह अपने हाथों को इधर-उधर घुमाकर कभी हवा में से कोई चीज प्रकट कर देता तो, कभी कोई चीज गायब कर देता।

बच्चे-बड़े सभी उसके बोलने के तरीके और तरह-तरह के जादू से अतीव प्रसन्न थे। जादूगर अपनी बातों और भाव-भंगिमा से एक रहस्यमयी वातावरण तैयार करने में सफल था। ऐसा प्रतीत होता था, जादूगर अपने काम में सिद्धहस्त था। लोग उसके जादू से मंत्रमुग्ध थे एवं उसके हर कार्य पर विस्मित हो रहे थे।

पार्टी में आए मेहमान जादू का आनंद उठा रहे थे। जिस बच्चे के जन्मदिवस के अवसर पर पार्टी आयोजित थी, उसके माता-पिता भी खुश थे कि चलो जादूगर ने अच्छा जादू दिखाकर सबका खूब मनोरंजन किया। जादूगर खुश था कि उसे कार्यक्रम के अच्छे पैसे मिले थे। जादूगर को आशा थी कि उसका जादू पसंद करके वहाँ आए मेहमान उसे आगे अपने कार्यक्रमों के लिए बुला सकते हैं, इसलिए जाने से पहले उसने कुछ लोगों

को अपना कार्ड बाँटा। कार्ड में उसका नंबर लिखा था, पर नाम की जगह बस जादूगर लिखा था। ऐसा लगता था कि वह अपना असली परिचय किसी को नहीं बताना चाहता था।

पार्टी स्थल से बाहर निकलकर बड़ी सावधानी से उसने अपना मुखौटा और लबादा निकाल कर बैग में रख लिया और चुपचाप किसी जादू की तरह ही गायब हो गया।

जादू की दुनिया से बिल्कुल अलग विहाग का कार्यालय था, जहाँ आजकल रोज का तनाव था, जो विहाग के लिए अब असहनीय होता जा रहा था। रेतीली आँधी की लाल हवाएँ जैसे उसके मनो-मस्तिष्क को निरंतर छिलती रहती हों। ऐसा नहीं कि यह तनाव उसके कार्यालय में हमेशा था, वह तो अपने काम में अत्यंत कुशल था एवं उसे काम में बड़ा आनंद भी आता था। काम का बोझ और चुनौतियाँ तो अखबार की नौकरी में सदा से ही थीं। लेकिन नए संपादक के उल्टे-सीधे आदेशों ने तनाव को बढ़ा दिया था। विहाग को अच्छी तरह से मालूम था कि नए संपादक धर्मेश उसको कुछ खास पसंद नहीं करते।

पसंद तो वह भी धर्मेश को नहीं करता था। इसके पीछे भी कई वजहें थीं। कायदे से पुराने संपादक के जाने के बाद विहाग को ही धर्मेश की जगह अखबार का संपादक बनना था। वे ही अखबार में सबसे वरिष्ठ सहायक संपादक थे एवं कोई कारण नहीं था कि उनकी जगह धर्मेश को संपादक बना दिया जाए! लेकिन अखबार के मालिकों ने विहाग के ऊपर धर्मेश को महत्त्व दिया था। विहाग के अनुसार, धर्मेश की चापलूसी प्रवृत्ति के कारण अखबार के मालिकों ने धर्मेश को पसंद किया था।

कार्यालय में विहाग को घुटन महसूस होने लगी थी। उसने जोर-जोर से साँस लेने की कोशिश की एवं आँखों को मलने लगा। उसने परदे हटाकर खिड़की से बाहर देखा। बाहर की हलचल में उसका ध्यान बँट गया, तो उसे थोड़ी शांति महसूस हुई।

"गुड मॉर्निंग सर," नई-नई बहाल हुई सब-एडिटर राइमा सेन ने कोलोन की खुशबू में तर झोंके के साथ कहा। राइमा अभी हाल ही में दफ्तर में बहाल हुई थी और उसके कोलोन की खुशबू से कई दिल तर-ब-तर हो रहे थे।

"गुड मॉर्निंग राइमा जी। कैसी हैं?" विहाग ने पूरे जोश से गुड मॉर्निंग का जवाब दिया।

सुंदर स्त्री के प्रति आकर्षण पुरुष की स्वाभाविक प्रकृति है।

"मैं ठीक हूँ सर" राइमा के कहने में एक अजीब सी कशिश थी, जिसे विहाग ने अनुभव किया।

"काम कैसा चल रहा है?" उसने औपचारिकतावश पूछ लिया।

"सीख रही हूँ सर। आपसे काम सीखना है।" राइमा की आवाज में गुड़ सी मिठास थी।

राइमा की मौजूदगी ने माहौल में तिर आए तनाव को कुछ कम कर दिया था।

"हुस्न में जादू होता है।" सोचकर विहाग के चेहरे पर एक स्मित रेखा उभर आई थी। जादू तनाव को कम कर देता है। उसको कल के जादू की बात याद आई।

'दुनिया में ऐसे लोगों की बहुत जरूरत है, जो कुछ देर के लिए ही सही, लोगों को खुशी दे सकें, उनका तनाव कम कर सकें। मगर यह कैसी विडंबना है कि ऐसे लोगों की समाज सबसे कम कद्र करता है? जो लोग दूसरों को खुशी दें, उनकी कीमत सबसे कम।' विहाग सोचने लगा था।

"सर, संपादकजी ने बुलाया है" इसी बीच चपरासी रामचरण ने आकर हाँक लगाई।

रामचरण इतनी जोर से बोलता था कि पूरा ऑफिस उसकी बात सुन लेता था।

आनंद ठीक ही कहता है कि रामचरण को कचहरी का चपरासी होना चाहिए था। 'मुलजिम फलाना हाजिर हो…'

"विहागजी बढ़ती, महँगाई और आम आदमी के जीवन पर पड़ते इसके प्रभाव को लेकर एक आलेख तैयार कर दीजिए। कल के अखबार में जाएगा।" संपादक ने आदेश दिया।

"जी सर! पर एक बात पूछनी थी?"

"कहिए।"

"यह आलेख मेरे नाम से तो छपेगा न?"

"नहीं संपादकीय में जाएगा।"

"लेकिन लेख तो मैं लिखूँगा?"

"आपको तनख्वाह लिखने के लिए ही मिलती हैं न?

"नाम के साथ लिखने के लिए बहुत लोग घूम रहे हैं बाजार में, जो चाहते हैं कि बस किसी तरह उनके नाम के साथ उनका लेख छप जाए! उन्हें पैसे भी नहीं देने पड़ेंगे।"

विहाग को पिछले 24-25 वर्षों में ऐसा अनुभव कभी नहीं हुआ था। उसके लेख उसके नाम से ही छपते रहे थे। पिछले संपादक इस बात का बड़ा ध्यान रखते थे कि सभी को काम का पूरा क्रेडिट मिले।

यह भी भला कोई बात हुई? एक लेख, लेखक की इंटेलेक्चुअल प्रॉपर्टी होती है, उसे उसके नाम के बिना कैसे छापा जा सकता है? लेकिन पिछले कई बार से उसके लिखे लेख उसके नाम के बिना, कभी अखबार की टीम के नाम से, तो कभी संपादक के नाम से जा रहे थे।

लेकिन वह क्या कर सकता है? नौकरी करनी है, तो संपादक का हुकुम बजाना होगा। संपादक भी ऐसा, जो अखबार के मालिक का दुलरुआ हो। उसे यह भी खराब लगता कि संपादक उससे इस काम के लिए अनुरोध नहीं करता था, बल्कि साधिकार आदेश देता था। अखबार की नौकरी में

वरिष्ठता की कोई कद्र ही नहीं रह गई है।

मन मसोसकर विहाग अपने डेस्क पर वापस गया। अभी संबंधित आलेख विषयक दुनिया भर के आँकड़े इकट्‌ठे करने होंगे, ताकि लेख को प्रामाणिक तरीके से लिख सके। नाम भले उसका न जाए, पर काम तो वह अपने स्तर के अनुरूप ही करेगा। काम की गुणवत्ता से समझौता करना उसने कभी नहीं सीखा था।

"क्या हुआ सर, टेंशन में लग रहे हैं?" पास ही डेस्क पर बैठे आनंद ने पूछा!

"कुछ नहीं यार, ऐसे ही बस। ऐसा ही चलता है।" नौकरी में टेंशन तो लगी ही रहेगी।

'चाय पिएँगे?' आनंद ने पूछा

"चाय पीने से टेंशन कम होती है?" उसने मुस्कराकर पूछा।

"टेंशन तो लाल पान की बेगम से कम होती है, बुलाऊँ?" कहकर आनंद धीमे से हँस पड़ा।

कैंटीनवाला लड़का थर्मस में लेकर चाय बाँट रहा था। उस तक आते-आते चाय खतम हो गई। कैंटीन बॉय ने थर्मस को खोलकर पूरी तरह उड़ेल दिया, ताकि आखिरी बूँद तक निकल जाए।

"तुम तो जादूगर हो, खाली थर्मस से भी चाय निकाल देते हो!" आनंद ने कैंटीन बॉय से कहा।

कैंटीन बॉय हँसकर रह गया। उसे तो कैंटीन से कप के हिसाब से नापकर चाय मिलती थी और उतने कप के पैसे कैंटीन में बाद में जमा करने होते थे। एक कप चाय भी इधर-उधर हुई, तो उसके पैसे उसे खुद देने होते थे।

जादू की बात सुनकर विहाग के चेहरे पर मुस्कराहट फैल गई। जादूगर भी खाली गिलास से इसी तरह दूध निकाल देता है। हर मजदूर, हर

सर्जक, हर मेहनतकश जादूगर ही तो होता है, जो कुछ नहीं से, कुछ भी पैदा कर देता है। लोगों के जीवन में इतना खालीपन है कि वे खाली को भरा हुआ देखने पर अपने आपको भरा हुआ महसूस करते हैं।

"जादू के काम को समाज कभी सम्मान की दृष्टि से क्यों नहीं देखता, जबकि जादू एक उत्कृष्ट कला है? देखनेवालों की आँखें खुली हों फिर भी उन्हें दिखाई न दे, या जादूगर जो चाहे, वही दिखाई दे?" विहाग ने हठात् आनंद से पूछा।

पहले तो प्रश्न पर आनंद अचकचाया, फिर उसने सोचकर जवाब दिया "सम्मानजनक काम नहीं होता, आदमी होता है, विहागजी। कोई काम सम्मानजनक है या नहीं, यह इस बात पर निर्भर करता है कि काम करनेवाला कौन है? गरीब, समाज के हाशिए पर खड़े लोगों के द्वारा किया जाने वाला उत्कृष्ट काम भी, जिसकी समाज के लिए बहुत उपादेयता हो, सम्मानजनक नहीं होता। कुछ दशकों पूर्व तक अभिनय भी निकृष्ट कार्य माना जाता था। यह तो बॉलीवुड का पैसा है, जिसने लोगों की अभिनय के बारे में सोच बदल दी। जादू तो सड़कछाप काम है। सड़क के किनारे मजमा जमाकर दिखाए जाने वाला! समाज के हाशिए पर खड़े लोग का काम!" आनंद ने कहा।

"सही कहा, जादू हमेशा से ही मेले-ठेले का ही विषय रहा है। जादूगर के जादू सभी को अच्छे लगते हैं, पर जादूगर कौन होते हैं, वे कहाँ से आते हैं, उनकी संवेदनाएँ क्या होती हैं? शो खत्म होने के बाद शायद ही कोई इस बारे में सोचता है। जादू कभी कॉरपोरेट का विषय नहीं रहा है।" विहाग ने सहमति जताई।

"लेकिन आज जादूगर की इतनी चिंता क्यों कर रहे हैं भाई" आनंद ने उत्सुकता जताई।

"अरे कुछ नहीं, ऐसे ही बस कुछ याद आ गया," विहाग ने बात को टालते हुए कहा।

बात आई-गई हो गई।

दिन मुश्किल हो चाहे, बीत ही जाते हैं, विहाग के दिन भी कार्यालय में बीत रहे थे। उसके दर्द पर मरहम का काम कर रही थी राइमा की हँसी, चुहलबाजियाँ।

यूँ तो राइमा सभी के साथ बिंदास थी। संपादक धर्मेश भी उससे बहुत ही मधुरता से पेश आते, लेकिन विहाग को लगता कि राइमा का उसके प्रति झुकाव कुछ अलग है, विशेष है। विहाग को ऐसा लगना अकारण भी नहीं था।

शाम में चाय का समय हो रहा था। विहाग ने सोचा, आज जाकर कैंटीन में चाय पी जाए और थोड़ा हाथ-पैर भी सीधा कर लिया जाए। उसने चलने के लिए डेस्क पर से फोन उठाया, तो ऊपर ही एक मैसेज फ्लैश हो रहा था, जो राइमा का था। ढेर सारे लाल दिल के साथ कॉफी का आमंत्रण था। राइमा अपने डेस्क से उसी को देख रही थी और मुस्करा रही थी।

थोड़ी ही देर में पास ही में स्थित 'मद्रास कॉफी हाउस' की कोने वाली टेबल दोनों की उपस्थित से आबाद थी।

"सर, आप गजब लिखते हैं। आपके लेखन का प्रवाह, शब्द चयन बड़े जबरदस्त होते हैं, विवरण मन मोहने वाला होता है। विषय-वस्तु को लेकर आपका ज्ञान और शोध भी उत्कृष्ट होता है।" राइमा विहाग की आँखों में आँखें डाले कह रही थी।

अपने उम्र के चौथे दशक का मध्यकाल पार कर चुके विहाग को लगा अचानक से कहीं से एक ठंडी हवा का झोंका उसके गालों को सहला रहा है। कैफै पुराने स्टाइल का था, जिसमें एयर कंडिशनर की जगह खुली खिड़कियों का प्रावधान था। जिस टेबल पर वे बैठे थे, उसके बगल में एक खुली खिड़की थी।

'कोई किसी की आँख में आँख डालकर कैसे देख सकता है?' विहाग ने सोचा, वह तो राइमा की ओर थोड़ी देर देखकर ही नजरें नीची कर लेता है।

"सर, आप तो कविता-कहानियाँ भी लिखते हैं न?" राइमा ने फिर से आँखें विहाग के चेहरे पर टिका दी थीं।

"बस, थोड़ा-बहुत, कभी मन कर गया तो लिख लेता हूँ।" विहाग ने किसी बच्चे की तरह शरमाते हुए कहा।

"सर मुझे कब पढ़वा रहे हैं? मुझे भी पढ़नी हैं आपकी कविताएँ-कहानियाँ।" राइमा ने इसरार किया।

'मद्रास कॉफी हाउस' की कॉफी वाकई बहुत अच्छी थी। ऑफिस के इतने निकट यह कॉफी हाउस था, पर वह कभी इधर आया ही नहीं था। ऑफिस आने के बाद वह अपने काम में इतना तल्लीन रहा करता था कि उसे इधर-उधर कभी झाँकने की न फुरसत मिली, न इच्छा हुई। ये तो नए संपादक के आने के बाद से उसे अपने काम से अरुचि होने लगी थी।

"राइमाजी आप अंबपाली की कहानी जानती हैं?" विहाग ने पूछा।

"क्या कहानी है?" राइमा के लिपीस्टीक रँगे गुलाबी होंठ हॉले से थरथराए थे एवं भारी पलकें उठाकर उसने कॉफी के कप के साथ खेलते हुए विहाग की ओर देखा।

विहाग थोड़ी देर चुप रहा।

"क्या कहानी है बताइए न!" राइमा ने विहाग के हाथों को छूते हुए कहा।

विहाग के हृदय तंतु सहसा झंकृत हो उठे।

"अंबपाली एक गणिका थी, राज नर्तकी, लिच्छवी राज्य की। बहुत सुंदर, बहुत सफल, बहुत समृद्ध। उस जैसी कोई न थी। लेकिन सफलता और ऐश्वर्य की जिंदगी का परित्याग करके उसने भिक्षुणी का धर्म स्वीकार किया था।

बुद्धम शरणं गच्छामि

वह पहली महिला थी, जो बौद्ध संघ में शामिल हुई।

जानती हैं क्यों?"

"क्यों?"

"क्योंकि आपको अपने काम में, चाहे आप उस काम में कितने भी निपुण हों, अगर आनंद नहीं आ रहा हो, तो उसका परित्याग करना चाहिए।"

"आपको क्या लगता है, एक जादूगर, जादू क्यों दिखाता है? जादू से जितने पैसे वह कमाता है, उतने पैसे वह अन्य कामों से कमा सकता है, लेकिन जो सुख, जो संतोष और आनंद उसे अपनी कला के प्रदर्शन से मिलता है, वह उसे कहीं और नहीं मिल सकता। हर व्यक्ति कहीं-न-कहीं एक कलाकार होता है। लेकिन हम उम्र भर अपने भीतर छिपे उस कलाकार को पहचान ही नहीं पाते और विभिन्न तरह के तनावों में घिसट-घिसटकर अपनी जिंदगी काट देते है। अगर आप अपने भीतर के कलाकार को पहचान सकें और वही काम करें, तो न केवल आप अपने आप को, बल्कि पूरे समाज को बेहतर बना सकते हैं। मैं तो कहता हूँ, फिर किसी धर्म की, राजनीति की आवश्यकता ही नहीं रह जाएगी।"

"वाह सर! क्या खूब बात कही। आपकी सोच का जवाब नहीं। मैं तो आपकी फैन हुई जाती हूँ।" राइमा सेन ने ऐसे चहकते हुए कहा, जैसे कोई चिड़ियाँ पारिजात की डाल से उड़ी और बहुत से पुष्प धरती पर आ गिरे हों!

फिर तो कई बार राइमा सेन कुछ भी कच्चा-पक्का लिखती, तो उसे विहाग के हवाले कर देती।

"विहाग सर, इसे आप देख लो और जो लगे, इसे ठीक-ठाक कर दो।"

"देख लीजिए से, देख लो" की इस यात्रा में विहाग को कुछ बुरा नहीं लगा था, बल्कि अच्छा ही लगा था। मन अपनापन और प्रेम से भर गया, जैसे तप्त तल पर शीतल फुहारें बरसी हों! वह मदद करने के योग्य है, तभी

तो किसी को उससे मदद की आशा है।

विहाग कई बार रातों को जागकर उसके लेख ठीक करता। शुरू-शुरू में तो कई बार ऐसा भी हुआ कि सिर्फ राइमा का नाम ही रह गया, पूरा लेख ही नया हो गया।

राइमा के लेख प्रमुखता से अखबार में और वेबसाइट पर छपने लगे। संपादक धर्मेश तो उसकी प्रशंसा करते नहीं थकते। वरिष्ठ लोगों को भी राइमा का उदाहरण दिया जाता और उससे सीखने की सलाह दी जाती।

एक शाम मद्रास कॉफी हाउस के कोने वाली उसी परिचित सीट में खिड़की से बाहर गुलमोहर को देखते हुए विहाग ने कहा, "राइमा, देखो पेड़ पर कितने साँप लिपटे हैं!" राइमा ने बाहर झाँका, फिर विहाग की आँखों में। राइमा जिस तरह से किसी के आँखों में झाँक लेती थी, उससे विहाग को आश्चर्य होता था।

शीघ्र ही बीस हजार प्रतिमाह से शुरू की गई राइमा सेन की नौकरी चालीस हजार तक जा पहुँची थी और वह सब-एडिटर से सीनियर सब-एडिटर बना दी गई थी।

राइमा ने चीजों को तेजी से सीखा था। अब वह अपने लेख स्वयं भी लिखने लगी। फिर भी जब वह विहाग को पढ़ने-सुधारने के लिए देती तो विहाग कभी कोताही नहीं करता। लेकिन एक बार उससे ठीक करवाया हुआ आर्टिकल जब संपादक के नाम से छप गया, तब उसे बहुत बुरा लगा था। उसे राइमा का यूँ महत्त्वाकांक्षी होना अखरने भी लगा था। 'आखिर क्या हासिल करना चाहती है लड़की? धर्मेश तो माना कि किसी भी स्तर तक गिर सकता है पर यह राइमा!' उसने राइमा को बुलाकर बोल दिया कि मुझसे ठीक करवाया हुआ लेख संपादक के नाम से छपने मत दिया करो। राइमा सॉरी-सॉरी बोलती रही।

इस बीच विहाग ने दूसरी नौकरी की भी कई कोशिशें की, लेकिन कहीं बात नहीं बन पाई।

मनुष्य को असफलता से ज्यादा दर्द तब होता है, जब उसे अपने वास्तविक हक एवं किए गए श्रम का श्रेय नहीं मिलता या किसी दूसरे को मिल जाता है।

विहाग के लिए यही दर्द, यह मुश्किल अब रोज की बात हो गई थी। सबसे बुरा उसे तब लगा जब एक बार उसका लिखा लेख राइमा के नाम से छापा गया।

उसका मन हुआ कि संपादक को खूब खरी-खोटी सुना आए! लेकिन उसने ऐसा नहीं किया। उसका मन तीतापन से भर गया।

जिस छोटे से नखलिस्तान के सहारे वह तनाव के तपते रेगिस्तान की कड़ी धूप को टक्कर दे रहा था, वह नखलिस्तान अचानक से सूख गया था। वहाँ अब लाल धूल के बड़े-बड़े बवंडर उड़ने लगे थे।

वह जाकर आनंद के पास बैठ गया।

"क्या हुआ, मूड उखड़ा हुआ क्यों है?" आनंद ने पूछा—

"जानते हो आनंद, एक बार जब मैं आठवीं क्लास की परीक्षा दे रहा था, तो मुझे शिक्षक ने नकल करते हुए पकड़ लिया था। मुझे इस बात का दुःख नहीं हुआ था कि मैं नकल करता हुआ पकड़ा गया हूँ, बल्कि मेरे मन में यह इच्छा हुई कि अगर मैं जादूगर होता, तो जादू से चिट को गायब कर सकता था।"

"नकल करने से ज्यादा बुरा मुझे लगता है, नकल करते हुए पकड़ा जाना और उसके बाद बेशर्मी से उसे स्वीकार करना और सीना चौड़ा कर घूमना।"

"चलो चाय पिलाता हूँ" आनंद ने माहौल को हल्का करने की गरज से कहा।

आनंद के पास हर बात का इलाज चाय में था।

"नहीं, चलो कॉफी पीते हैं।" विहाग को मानो चाय का विरोध करना हो।

आज बहुत दिनों के बाद विहाग बिना राइमा के कोने वाली टेबल पर बैठा था। उसने बाहर देखा। गुलमोहर अपनी मस्ती में झूम रहा था, पर वहाँ कोई साँप नहीं था।

"आज पेड़ पर साँप नहीं दिखाई देता है?" विहाग ने आश्चर्य से कहा।

"साँप! यहाँ तो कोई साँप कभी था ही नहीं!" आनंद ने हैरत से विहाग को देखते हुए कहा।

"अरे हुआ करता था, मैंने अपनी आँखों से देखा है।"

आनंद चुप रहा।

"अब मेरा मन यहाँ काम करने का बिल्कुल नहीं कर रहा है।" विहाग ने खीझते हुए कहा—

"फिर क्या? कहाँ जाओगे?

"कहीं और जॉइन करोगे?" आनंद ने पूछा—

"नहीं, नहीं···अब इस लाइन से ही मन उचाट हो गया है, बहुत ही संवेदनहीन लोग हैं, इस क्षेत्र में।"

जिस अखबार के दफ्तर में विहाग काम करता था, वह एक पुराना एवं प्रतिष्ठित अखबार था। अखबार की स्थापना के पचास वर्ष पूरे होने वाले थे और मैनेजमेंट ने इसे धूमधाम से मनाने का निर्णय लिया था। दफ्तर के कर्मचारियों के लिए कार्यक्रम होने थे। इसके लिए हॉल आदि बुक कर लिये गए।

विहाग चाहता था कि उत्सव के दौरान एक जादू का भी शो हो।

लेकिन उसे संपादक की सहमति नहीं मिली।

संपादक ने उपहासपूर्ण ढंग से कहा "यह बच्चे के जन्मदिवस की पार्टी नहीं है, कभी कुछ मैच्योर होके सोचिए।"

विहाग को इस बात पर बहुत गुस्सा आया। 'मैच्योर होना क्या होता

है ? दूसरों के लिखे को अपने नाम से छपवा लेना, यही मैच्योरिटी है ?'

वह वहाँ से चला आया।

लेकिन विहाग ने हार नहीं मानी और मैनेजमेंट से बात करके एक शो जादू का रखवा ही लिया।

तय दिवस में शाम से ही नाच-गाने का कार्यक्रम चलता रहा। लोग खुश थे। तरह-तरह की खाने की चीजों से टेबल सजे थे। राइमा सेन तितली की तरह कभी इस टेबल पर तो कभी उस टेबल पर नजर आती। उसका आत्मविश्वास और उसका हुस्न दोनों उसके व्यक्तित्व से बाहर छलक रहे थे।

तभी घोषणा हुई कि अब जादू का कार्यक्रम होगा।

मंच पर एक काला लबादा ओढ़े और मुखौटा लगाए एक जादूगर अवतरित हुआ।

जादूगर ने ऐसे जादू दिखाए कि लोग दंग रह गए! ऐसा जादू! ऐसा मंत्रमुग्ध करने वाला अंदाज! ऐसा इंद्रजाल! सबकुछ अद्‌भुत था। मैनेजमेंट के गुप्ताजी खुद उठकर आए और जादूगर को इनाम दिया। ऐसा जादू लोगों ने पहले कभी नहीं देखा था। जादू के बिल्कुल नए आइटम! अब बारी थी आखिरी आइटम की।

"संपादकजी देखिए मेरे हाथ में क्या है ?" जादूगर ने एक कागज दिखाया।

"कागज है।"

जादूगर ने मोड़कर उस कागज को जहाज की शक्ल दे दी और फूँक मारकर उड़ा दिया। सबने देखा कि जहाज उड़कर मंच से दूर गया और लापता हो गए।

"कागज कहाँ गया ?" जादूगर ने पूछा।

"गायब हो गया।"

नहीं···गायब नहीं हुआ, किसी ने अपने पास छुपा लिया है।

"पर किसने?"

"सब अपनी-अपनी जेबें देखें" जादूगर ने दर्शकों से कहा।

सबने अपनी जेबें देखीं, पर कागज कहीं नहीं था।

संपादकजी अपनी कमीज की ऊपरी जेब देखिए" जादूगर ने मुस्कराते हुए कहा।

धर्मेश ने कमीज की जेब देखी तो उसमें से ताश की एक पत्ती निकली।

"अरे संपादक की जेब में तो ताश की पत्ती है।"

"कौन सी पत्ती है जनाब! जरा सबको दिखाइए।"

धर्मेश ने सबको पत्ती दिखाई, वह लाल पान की बेगम थी।

"अरे वाह संपादकजी तो लाल पान की बेगम को अपनी जेब में रखते हैं।"

"लेकिन वह कागज कहाँ गया?" जादूगर ने सबसे पूछा।

"हुजूर, जरा आप अपनी कुरसी से उठेंगे?" जादूगर ने गुप्ताजी से कहा।

गुप्ताजी उठे और यह क्या, वह कागज तो उसी कुरसी पर था, जिसपर वे बैठे थे।

कागज पर जहाज बनाए जाने के निशान मौजूद थे।

"अब एक मेहरबानी और कीजिए। कृपया उसे खोलिए और पढ़िए कि उसपर क्या लिखा है?"

संपादक ने उसे खोला और पढ़ना शुरू किया—

"मैं विहाग, सीनियर असिस्टेंट एडिटर की नौकरी से अपने होशो हवाश में त्यागपत्र दे रहा हूँ।"

"सब अवाक्! ये क्या है?" यह कैसा मजाक है?

सभी लोगों का ध्यान जब चिट्ठी और उसके पढ़े जाने पर था, तभी किसी को ध्यान में आया "अरे विहाग! विहाग कहाँ है?" सबने विहाग को ढूँढ़ना शुरू किया। पर विहाग वहाँ नहीं था, तभी किसी ने कहा, "अरे जादूगर कहाँ गया?" जादूगर भी वहाँ से गायब था।

काफी देर तक दोनों को ढूँढ़ा गया, पर दोनों वहाँ नहीं थे।

यूँ तो यह अखबार में छापी जाने लायक खबर थी, पर कल ऐसी कोई खबर नहीं छपी।

थोड़े समय बाद ही राइमा डेपुटी न्यूज एडिटर बना दी गई। मालिक भी उसकी काबिलीयत से खुश थे। अब वह आनंद के साथ मद्रास कैफे हाउस की कोने वाली टेबल पर बैठती है। एक दिन आनंद ने देखा कि गुलमोहर के पेड़ पर कई साँप लिपटे हुए हैं।

राइमा सेन यह सुनकर चुपचाप मुस्कराती रही।

□

# 2

# दर्द न जाने कोय

बरसात के बाद नदी जब अपना पानी समेटती है, तो कुछ पानी किनारे के गड्ढों में छोड़ती चली जाती है। मुख्यधारा से पीछे छूट गया पानी भी बहना चाहता है। वह तड़पता है सागर से मिलन के लिए। पर सभी की किस्मत में सागर की नमकीन लहरों पर खेलना नहीं होता है। कुछ की किस्मत में गरम धूप की सीढ़ियाँ चढ़ते हुए ऊपर बादलों में गुम हो जाना लिखा रहता है। लेकिन यह सब भूलकर गड्ढों में फँसा पानी मछलियों के लिए घर बनाता है। मछलियों की अठखेलियाँ देखकर वह अपनी लाचारी भूल जाता है, वह इस दर्द को भूल जाता है कि उसके साथ का पानी बहकर आगे जा चुका है। पानी का स्वभाव स्त्री-सा होता है; तरल और जीवनदायी! जीवन देने की लालसा में स्त्रियाँ कभी अपने दुःख-दर्द की परवाह नहीं करती है। सुनीता का जीवन भी इन्हीं गड्ढों के पानी की तरह था।

सुनीता के गाँव मीरपुर में चारो तरफ हरियाली थी। प्रकृति ने वहाँ दोनों हाथों एवं खुले दिल से अपनी सुरम्यता लुटाई थी। खेतों के पार एक तरफ एक नदी बहती थी और दूसरी तरफ थी एक पहाड़ी। नदी और पहाड़ी के बीच की समतल भूमि में ताड़ के वृक्षों की बहुलता थी। बैसाख लगते ही इनसे ताड़ी निकालने का काम शुरू हो जाता था। ताड़ी पीनेवाले ताड़ी पीकर मस्त हो कहीं आम वृक्ष के नीचे बेसुध पड़े रहते थे।

इन्हीं बेसुध पड़े रहनेवालों में से एक नाम था, सुनीता के पति रमेशर सिंह का। रमेशर सिंह एक छोटा किसान था। किसान इसलिए कि उसके पास खेत थे। पर रमेशर सिंह को किसानी का काम कभी नहीं सुहाया, इसलिए वह खेतों को बेचकर खाने लगा। वह दिन भर खाली बैठा रहता, ताड़ी, शराब पीता एवं जब पैसों की कमी होती, खेत का एक टुकड़ा बेच देता। रमेशर सिंह अपने घर में अकेला था। माँ बाप उसके गुजर चुके थे एवं भाइयों ने उसे अलग कर दिया था। काम नहीं करने वाले आदमी को भला कौन बिठाकर खिलाता? भौजाइयों के रोज-रोज के तानों से तंग आए रमेशर सिंह को भी लगा कि बँटवारा करके अलग हो जाना ही उचित है। आखिरकार रमेशर सिंह भाइयों से अलग होकर अपनी रोटियाँ खुद सेंकने लगा।

स्वयं से रोटियाँ सेंकने का सिलसिला जो एक बार शुरू हुआ, तो वह लंबा चलता रहा। रमेशर सिंह की शादी नहीं हुई। भाइयों ने उसकी शादी करवाने में कोई रुचि नहीं दिखाई। उनके मन में शायद यह बात थी कि अगर रमेशर सिंह की शादी नहीं होगी, तो आखिरकार उसके हिस्से की जमीन भी उन्हीं की हो जाएगी। शादी की उम्र रमेशर सिंह की कब की गुजर चुकी थी एवं गाँव में वह बंडों की श्रेणी में आ गया था। लोग पीठ पीछे उसे 'बंडा' कहने लगे थे।

रमेशर सिंह सुबह में रोटियाँ सेंककर दिन पर खाट पर पड़ा रहता। उसने अपने हिस्से की जमीन को बँटाई पर उठा दिया था एवं बाँट का जो मिल जाता था, उससे गुजारा करता एवं जरूरत होने पर खेत का एक और टुकड़ा बेच देता था। गरमी के दिनों में जो लोग ताड़ी उतारने का काम करते थे, वही लोग महुआ चुआने का भी काम करते थे। रमेशर सिंह की शाम महुआ की मस्ती में गुजरती।

एक दिन दारू के झोंक में रोटी सेंकते वक्त उसका हाथ बुरी तरह जल गया, उस दिन उसे घर में एक अदद औरत की बड़ी कमी महसूस

हुई। "अगर औरत होती तो उसे अपना हाथ तो इस तरह नहीं जलाना पड़ता", उसने सोचा। उसी पल उसने निश्चय कर लिया कि वह कहीं से भी एक औरत का जुगाड़ करेगा।

वैसे तो वह गाहे-बेगाहे एक औरत के पास जाया करता था। लेकिन उसके बारे में सोचकर उसका मन खराब हो गया। उसे वह कैसे अपने घर पर लाकर बिठा सकता है ? उसके पास तो न जाने कितने लोग जाते हैं! वह तो एक ऐसी औरत लेकर आएगा, जो सिर्फ उसकी होगी।

रमेशर सिंह जिस इलाक़े का था, उस इलाके में, जिनकी शादी नहीं हुई थी, वैसे कई लोग लड़कियाँ खरीदकर लाते एवं शादी कर लेते थे। रमेशर सिंह ने निश्चय किया कि वह भी अपने लिए लड़की खरीदकर लाएगा। रमेशर ने इस दिशा में कोशिश शुरू कर दी। उसकी कोशिश रंग लाई एवं वह एक औरत को खरीदकर लाने में सफल हो गया। लेकिन इस उपक्रम में उसे अपनी बहुत सारी जमीन बेच देनी पड़ी। फिर भी वह खुश था कि उसके घर में कोई रोटी बनानेवाली तो आ गई। इस तरह सुनीता का रमेशर की जिंदगी में पदार्पण हुआ था।

सुनीता एक गोरे रंग, तीखे नैन-नक्शवाली खूबसूरत सी औरत थी। साड़ी को उल्टा पल्लू करके पहनती थी, जैसे आम बंगालन औरतें पहनती हैं। रमेशर सिंह और उसकी उम्र में बहुत अंतर था। गाँववाले कहते थे कि वह उसे कहीं किसी कोठे से खरीदकर लाया था। परंतु रमेशर सिंह इस बारे में किसी से कुछ भी बात नहीं करता था। वह सुनीता पर जान छिड़कता था। उसकी सभी फरमाइशें पूरी करता था।

रमेशर सिंह दिन में घर के बाहर खटिया पर उघारे देह सोया रहता। सुनीता जब घर में अकेली परेशान हो जाती, तो दरवाजे पर आकर खड़ी हो जाती थी।

सुनीता अपने घर के पुराने दरवाजे की चौखट से ओट लगाए, सर पर पल्लू डाले एवं पल्लू का एक सिरा अपने दाँतों से दबाए उधर से गुजरते

लोगों को अकसर दिख जाती थी। वह लोगों से बात करना चाहती थी, लेकिन उसे बांग्ला के सिवा कुछ नहीं आता था और गाँव के लोगों को बांग्ला का "ब" भी नहीं पता था।

गाँव की औरतें जब कभी रमेशर सिंह के घर आतीं, तो वह दौड़कर मचिया लेकर आती और औरतों को कहती "बोसो···बोसो।" औरतें उसके इस "बोसो" पर ठठाकर हँस देती। हालाँकि धीरे-धीरे उसने गाँव की भाषा सीख ली थी।

रमेशर सिंह के घर में सुनीता के आने के बाद खर्चे बढ़ गए। इसी दौरान उसने दो बच्चों को भी जन्म दिया। रमेशर सिंह के पास पहले से ही छोटी सी खेती थी, उन्ही खेतो को बेच-बेचकर खाता रहा था। लेकिन बेचकर खाने से तो सोने का पहाड़ भी कम पड़े, फिर रमेशर सिंह के खेतों की बात ही क्या थी ? एक दिन ऐसा आया, जब रमेशर सिंह के पास बेचने के लिए कुछ नहीं बचा। रमेशर सिंह साठ बसंत पार कर चुका था। उससे अब नया कोई काम होने वाला नहीं था और सच, तो यह है कि गाँव में नया काम करने की कोई संभावना भी नहीं थी। जिंदगी भर बैठकर खानेवाला आदमी शारीरिक परिश्रम वाला काम भी नहीं कर सकता था, कि मजदूरी करके अपने लिए दो रोटी कमा ले···।

कुछ दिनों तक तो उधार-पैंचा लेकर काम चला, पर जब भूखे मरने की नौबत आ गई, तो एक दिन रमेशर सिंह घर छोड़कर भाग गया।

सुनीता अब उस गाँव में अकेली एवं बिना किसी सहारे के हो गई थी। अब उसे अकेले ही अपने दो नन्हें बच्चो का सहारा बनना था।

भूख किसी की सगी नहीं होती है। जब सुनीता के बच्चे भूख से बिलबिलाने लगे, तो माँ का ममतामयी दिल बिलख पड़ा। पड़ोसियों से दो रोटी की भीख माँग कर लाईं। पर रोटी के साथ रमेशर सिंह के हिजड़ा होने का ताना भी साथ में मिला, जो अपने बीबी-बच्चे को अनाथ छोड़कर भाग गया। सुनीता को अपने पति के बारे में ऐसा सुनना यद्यपि अच्छा नहीं लगा,

पर उसके पास सुनने के सिवा विकल्प ही क्या था?

जिसका पति घर छोड़कर भाग जाए उसके पड़ोसी भी दिलदार नहीं होते हैं। पड़ोसियों ने शीघ्र ही दुरदुराना शुरू कर दिया।

सुनीता अब क्या करे, सोचती। कभी विचार करती कि कुएँ में कूदकर जान दे दे, लेकिन बच्चों का खयाल उसके पैर रोक लेता। कभी विचारती कि बच्चों समेत कुएँ में कूद जाए फिर सोचती, आखिर बच्चों की जान लेने का अधिकार उसे कैसे है? तो फिर वह क्या करे? वह खरीदकर लाई गई थी, इसलिए माँ-बाप और मायके का संबंध तो कब का विच्छेदित हो गया था। वह एक ऐसे वृक्ष की भाँति थी, जिसे जड़ से उखाड़कर छोड़ दिया गया हो। वह हवा के झोंकों के साथ दूर कहीं पहाड़ों के उस पार उड़ जाना चाहती थी, जहाँ उसकी जड़ें जमीन में गड़ी हों। जहाँ बच्चे भूख से तड़पते न हों, जहाँ लड़कियाँ बेचीं न जाती हों पर चाहने भर से कब किसका दुःख दूर हुआ है?

एक दिन रिश्ते का भतीजा संजय थोड़ा-सा चावल लेकर आया। सुनीता को जीवन की थोड़ी आस बँधी। परंतु एक हाथ से चावल देते हुए, दूसरे हाथ से उसने सुनीता का हाथ पकड़ लिया।

"ये क्या करते हैं बाबू? मैं आपकी माँ जैसी हूँ।" सुनीता ने हड़बड़ाकर कहा।

"तो चावल मुफ्त में आता है क्या?" संजय ने बेहयाईपूर्वक हँसते हुए कहा।

"तो ले जाइए अपना चावल। मैं आपसे चावल माँगने गई थी क्या?" कई दिनों से भूखी व कमजोर सुनीता ने मिमियाते हुए कहा। उसके चेहरे पर बेचारगी से ज्यादा चिढ़ और परेशानी के भाव थे।

संजय घबरा गया। उसे लगा, कहीं सुनीता शोर न मचाने लगे! वह वहाँ से चला गया। सुनीता की एक शाम के भात की आस भी साथ ही चली गई।

लेकिन संजय को सुनीता के घर से निकलते उसकी माँ ने देख लिया।

"क्या हुआ बाबू, इतना घबराए हुए क्यों लग रहे हो?" संजय को घबराए हुए देखकर उसकी माँ ने पूछा।

"कुछ नहीं माँ, बस ऐसे ही," संजय ने कहा।

"ऐसे ही कोई घबराता है क्या? कोई परेशानी है क्या?" संजय की माँ ने कहा।

"नहीं, ऐसी कोई बात नहीं। आज चाची पर दया करके थोड़ा सा चावल देने चला गया था, तो चाची बदले में मेरा हाथ पकड़कर मुझे कमरे में ले जा रही थी" उसने झूठ कहा।

"उस रंडी की ये हिम्मत! भतार छोड़ के भाग गया है, तो नया-नया भतार खोज रही है! संजय की माँ जोर-जोर से सुनीता को गाली देते हुए चिल्लाने लगी। उसे अपने बेटे के कहे पर पूरा यकीन था। उसने एक पल के लिए भी नहीं सोचा कि उसका बेटा भी गलत हो सकता है और सुनीता सही! सुनीता को स्पष्टीकरण देने का कोई मौका भी नहीं दिया गया।

औरत ही औरत का चरित्र-हनन सबसे पहले करती है।

शीघ्र ही भीड़ जुट गई। सारे गाँव ने इस बात पर यकीन कर लिया कि सुनीता चावल के बदले एक आदमी को हाथ पकड़कर कमरे में ले जा रही थी।

'हे भगवान्! घोर कलयुग आ गया है। बेटा-भतीजा की भी मर्यादा नहीं रह गई है!'

गाँव में जिसने इस घटना के बारे में सुना, सुनीता के नाम पर थू-थू किया।

फिर तो अकेले में कई लोगों ने सुनीता को चावल देने की कोशिश की।

समाज के सारे रिश्ते कितनी पतली एवं अशक्त डोर के बल पर टिके

हुए थे, जो स्त्री के कमजोर एवं लाचार होते ही छिन्न-भिन्न होकर बिखरने लगे थे? सुनीता को गाँव के हर आदमी की शक्ल से ही अब उबकाई आने लगी थी। उसे लगता था कि गाँव का हर आदमी एक बड़ी से जीभ में बदल गया है, जो उसकी ओर बढ़ता चला आ रहा है!

एक दिन गोधूलि बेला में जब अँधेरा पिछवाड़े के नीम से उतरकर धीरे-धीरे आँगन में पाँव पसारने लगा था, उसे लगा कि उसके प्राण गले में आकर अटक गए हैं। बेटे भूख से बेसुध खटिया पर पड़े थे। सुबह से उन्हें पानी पिलाकर फुसला रही थी। पर पानी पिलाकर बच्चे तो फुसल जाते हैं, भूख को फुसलाना संभव नहीं, वह फिर आकर खड़ी हो जाती है। शाम के धुँधलके में सुनीता बच्चों को साथ लिये घर छोड़कर यह सोचकर निकल पड़ी कि या तो बाहर निकलकर रोटी का इंतजाम करेगी या बच्चे के साथ ही कहीं जान दे देगी। कई दिनों से भूखी रहने के बावजूद वह दिन में यह सोचकर नहीं निकल सकी थी कि कहीं समाज के लोगों को उसके घर से बाहर जाने का पता नहीं चल जाए एवं जिससे रमेशर सिंह की प्रतिष्ठा धूमिल हो!

रास्ते में उसके बड़े बेटे ने बड़े ही भोलेपन से पूछा—"माँ तुम जादू से रोटी नहीं बना सकती?" इस बात पर सुनीता की आँखें भर आई। "काश! बेटे मैं बना पाती! अगर मैं जादू से कुछ बना पाती तो तुम्हें भूखा नहीं रहने देती मेरे बच्चे। मैं जादू से एक ऐसी दुनिया बनाती, जहाँ कोई बच्चा भूख से नहीं तड़पे।" सुनीता ने उसके सर पर हाथ फेरते हुए कहा।

सुनीता के गाँव से निकटवर्ती कस्बे की दूरी चार किलोमीटर थी। भूख से बेहाल सुनीता कस्बे के बस स्टैंड तक पहुँचते-पहुँचते निढाल हो गई। सड़क किनारे गड़े चापानल से पानी पीकर वह वहीं एक झोंपड़ीनुमा होटल के बाहर कटे वृक्ष की भाँति गिर गई। मानसिक रूप से बटोरी गई सारी शक्तियाँ मानो टूटकर बिखर गईं। घास जब तक जमीन में अपने जड़ से जुड़ी रहती है, तब तक बड़ी-से-बड़ी आँधियाँ भी उसका कुछ नहीं

बिगाड़ पातीं, लेकिन जड़ से उखड़ते ही घास तिनके में तब्दील होकर उड़ जाती है।

रात का धुँधलका गहराने लगा था। छोटे से कस्बे से इस समय किसी भी सवारी गाड़ी के खुलने की अब कोई संभावना नहीं थी।

थोड़ी देर में जब उसने जरा होश सँभाला, तो देखा कि बच्चे भूख से बिलख रहे हैं। छोटावाला तो एकदम अधमरा सा हो गया है। वह रो भी नहीं पा रहा था एवं उसकी आँखें उलटने लगी थीं।

सुनीता ने साहस करके होटलवाले से कहा "भैया, एक रोटी दे दो, बच्चे को खिलाना है— "

"पैसे हैं?" होटलवाले ने पूछा—

"पैसे तो नहीं हैं भैया" उसने कहा—

पैसे नहीं हैं तो रोटी क्या मुफ्त में मिलती है? चल भाग यहाँ से" होटलवाला घुड़का।

"बच्चा मर जाएगा भैया, रोटी दे दो। बदले में तुम जो कहोगे मैं तुम्हारा काम कर दूँगी" उसने कहा—

"अच्छा!" होटलवाले के चेहरे पर एक कुटिल मुस्कान तैर गई।

"तो पहले काम कर दे, फिर रोटी लेना," होटलवाले ने उसकी ओर देखते हुए कहा।

"क्या काम है भैया, बोलो?" उसने मुँह से मरियल सी आवाज निकली।

"बच्चे को इधर चौकी पर रखो और अंदर आओ।"

होटलवाला उसे होटल के पीछे बने कमरे में ले गया, जिसमें आटे की बोरियाँ और होटल में काम आने वाले अन्य सामान रखे थे। उसने उसे धकेलकर बोरे पर गिरा दिया। कई दिनों की भूखी सुनीता लाश की तरह बोरे से लुढ़ककर नीचे गिर गई।

होटलवाले ने उसे उठाकर फिर से बोरे पर रखा।

"ठीक से बैठ ससुरी…" होटल वाला घुड़का।

"क्या करना है भैया?" उसने मिमियाते हुए पूछा।

"आरती उतारनी है तेरी! टाइम मत खराब कर। रोटी चाहिए तो जल्दी कर, नहीं तो भाग यहाँ से।"

"ऐसा न करो भैया, कोई और काम करवा लो। मैं जूठे बरतन धो दूँगी।" सुनीता ने गिड़गिड़ाते हुए कहा।

"जूठे बरतन धोने के लिए बहुत पड़े है यहाँ। देख अभी दुकानदारी का टाइम है। टाइम खराब मत कर। आती है तो बोल, नहीं तो भाग यहाँ से।"

सुनीता का बड़ा बच्चा जोर-जोर से रोने लगा था, जिसकी आवाज उसे सुनाई दे रही थी। वह विचलित हो उठी।

कोई माँ अपने बच्चों को भूखा मरने कैसे दे सकती है? चाहे इसके लिए उसे स्वयं कितनी भी बार मरना पड़े!

उसने आँखें बंद कर लीं और अपना शरीर ढीला छोड़ दिया।

होटलवाला अपने काम में लग गया। वह उसके मुँह को बुरी तरह भंभोड़ने लगा। उसके मुँह से तंबाखू की भयानक बदबू आ रही थी। कमरे में कोई दरवाजा या परदे का कोई इंतजाम नहीं था।

सुनीता की आँखों में आँसू आ गए। लेकिन उसे इस बात की खुशी थी कि उसके बच्चों के लिए एक रोटी का इंतजाम तो हो गया।

लेकिन भूखे को रोटी मिलना इतना आसान होता, तो कोई बच्चा भूख से नहीं मरता।

इसी बीच कमरे में एक आदमी आकर खड़ा हो गया। वह किसी बस का खलासी था।

सुनीता ने अपने आँख के आँसू पोंछे और कपड़े सँभालने लगी। तभी

खलासी ने आकर फिर से आटे की बोरी पर उसे पटक दिया।

"जाती कहाँ है साली, हम भी हैं," खलासी ने विद्रूप हँसी हँसते हुए कहा।

"भैया, हमको जाने दो, हमारा बच्चा मर जाएगा।"

सुनीता ने चिल्लाने की कोशिश की, लेकिन उसकी आवाज गले में ही अटक गई।

"भैया, आपने तो कहा था कि आप रोटी दोगे, आपने जो कहा, मैंने किया। भैया अब रोटी दे दो। मेरा बच्चा भूख से मर जाएगा। हम आपके पैर पकड़ते हैं भैया। इतना निर्दयी मत बनो भैया" उसने होटलवाले से दया की भीख माँगते हुए कहा।

उसकी आँखों के आगे धुँधलका छाने लगा था। उसका गला सूख रहा था।

"चुप साली! दे देगी तो घट जाएगा क्या?" होटलवाले ने हँसते हुए कहा और खलासी को इशारा कर दिया।

खलासी भूखे कुत्ते की तरह उस पर टूट पड़ा। सुनीता मृत देह की तरह पड़ी रही। उसकी देह से संवेदना खत्म हो गई थी। उसे कुछ भी अब महसूस नहीं हो रहा था।

शीघ्र ही यह खबर पूरे बस स्टैंड में फैल गई कि होटल में माल आया हुआ है।

रात गहराने के साथ बस स्टैंड में रात बितानेवाले ड्राइवर, खलासी और दलाल होटल के उस कमरे में आते रहे और निकलते रहे।

होटलवाले ने सबसे अच्छी-खासी राशि इकट्ठी कर ली। सुबह में उसने चंद बासी रोटियों के साथ कुछ रुपए भी सुनीता को पकड़ा दिए।

यह अजीब बात हुई कि इस नारकीय पीड़ा से गुजरने के बाद भी सुनीता में अपने बच्चों सहित फिर से जीने की उम्मीद जाग उठी। उसने

किसी तरह से स्वयं को सहेजा एवं गाँव वापस चली गई।

थोड़े से रुपए खर्च होने में ज्यादा वक्त नहीं लगा। सुनीता फिर से वहीं पहुँच गई थी। लेकिन इस बार उसने स्वयं से निर्णय लिया। इस बार उसने होटलवाले से सौदा किया। खाने के लिए गरम रोटी और सब्जी भी उसकी शर्तों में शामिल थे।

अब वह जरूरत के मुताबिक वहाँ जाने लगी। होटलवाला उसका दलाल बन गया।

सुनीता की जिंदगी पटरी पर आ गई थी। बच्चों को दो वक्त की रोटियाँ मिलने लगी थीं। सुनीता उनके लिए सुनहरे सपने देखने लगी थी। उनके कंधे पर स्कूल बैग हो और वे भी स्कूल जाएँ, ऐसे बहुत ही सहज विचार उसके अंतर्मन में प्रस्फुटित होने लगे। सबसे अच्छी बात हुई कि पैसों के साथ-साथ सुनीता अंदर से मजबूत महसूस करने लगी थी। अब उसे बाहर की दुनिया डरावनी और अनजानी नहीं लगती थी। एक बार तो थाने का एक सिपाही भी उसके पास आया था, जिसने उसे थाने में कोई काम पड़े तो मदद का भी भरोसा दिया था।

लेकिन कुछ लोगों के लिए जिंदगी इतने आसान रास्तों का सफर नहीं होती है। शीघ्र ही गाँववालों को इस बात की खबर लग गई और सुनीता का गाँव में विरोध शुरू हो गया।

लोग उसे गाँव से बाहर करने पर आमदा हो गए। उन्होंने कहा कि यह गाँव की इज्जत का सवाल है।

इसी बात को लेकर पंचायत बैठी। सुनीता से जवाब-तलब किया गया।

पंचों ने पूछा "तुम बताओ कि क्या तुम पर लगाए गए आरोप सही हैं कि तुम बाजार जाकर धंधा करती हो?"

"इस दुनिया में तो हर कोई कुछ-न-कुछ धंधा कर रहा है साहब।"

उसने बहुत आश्वस्त भाव से कहा।

"लेकिन तुम्हारा धंधा गंदा है, इससे गाँव की बहू-बेटियों पर बुरा असर पड़ रहा है। गाँव का माहौल बिगड़ रहा है।" पंचों ने रुष्ट होते हुए कहा।

"गंदा और अच्छा तो इस बात पर निर्भर करता है कि कमानेवाला अपनी कमाई से क्या कर रहा है? उसे किस काम में लगा रहा है? मैं समझती हूँ कि अपना एवं अपने बच्चों का पेट भरने के लिए किया जाने वाला कोई काम गंदा नहीं होता।" सुनीता ने दृढ़तापूर्वक जवाब दिया।

गाँववाले आश्चर्यचकित थे कि यह औरत, कैसे इस तरह से जवाब दे रही है?

"बेहया औरत, तुम बहस कर रही हो! तुम जानती हो पंचायत इसके लिए तुम्हें सजा दे सकती है?" पंचों को सुनीता का इस तरह बिना डरे जवाब देना नहीं सुहाया था।

"जिसे किस्मत सजा दे चुकी हो साहब, उसे कोई और क्या सजा दे सकता है? जब एक किलो चावल के बदले इसी गाँव में मेरा हाथ पकड़ा जा रहा था, तब आपके गाँव का माहौल खराब नहीं हुआ? जब मेरे बच्चे भूख से तड़प रहे थे, तब आपके गाँव पर कोई बुरा असर नहीं पड़ा?"

"यह धर्म के विरुद्ध है। इससे धर्म भ्रष्ट होता है। तुम सिर्फ समाज की नजर में ही नहीं, धर्म की नजर में भी अपराधी हो।" गाँव के पंडित ने बीच में कूदते हुए कहा।

"आपका धर्म क्या है पंडितजी? क्या आपका धर्म नहीं था कि जब कोई बच्चा भूख से मर रहा था, तब आप उसके लिए कोई उपाय करते? क्या आपका धर्म नहीं था कि जब किसी औरत पर झूठे आरोप लगाकर उसे रंडी साबित किया जा रहा था, तब आप सत्य का पक्ष लेते? आपका ईश्वर तब चुपचाप था, जब मेरा बलात्कार हो रहा था! आज आपको सारी गलतियाँ क्या सिर्फ इसलिए नहीं दिख रही है कि मैं एक औरत हूँ, कमजोर हूँ?"

"शिव शिव शिव शिव···अनर्थ हो गया, घोर कलियुग व्याप रहा है।" जब पंडित को कोई जवाब नहीं सूझा, तो ऐसा कहते हुए वह तमतमाकर वहाँ से उठकर चला गया।

"तब क्या तुम नहीं मानोगी? तुम यह गंदा काम करना बंद नहीं करोगी?" पंचों ने पूछा।

"बात क्यों नहीं मानेंगे? ऐसा काम करना किसे अच्छा लगता है? लेकिन क्या आप पंच लोग मेरे एवं मेरे बच्चों के लिए रोटी का इंतजाम कर सकते हैं? क्या यहाँ बैठे सभी लोग मेरा दर्द समझते हैं?"

इस पर पंचायत में चुप्पी छा गई। किसी को इस तरह के प्रश्न की उम्मीद एक अबला नारी से नहीं थी।

संसार में सबसे आसान काम किसी दूसरे को अच्छा काम करने के लिए सलाह देना होता है। लेकिन वह अच्छा काम कैसे करेगा, इस बारे में कोई किसी की मदद नहीं करता है।

थोड़ी देर की चुप्पी के बाद एक बूढ़ा पंच गरजा, "अगर तुम नहीं मानोगी तो मार के यहीं जमीन में दफन कर देंगे," बूढ़ा पंच इतनी जोर से चीखा था कि वह हाँफने लगा।

"मार देंगे तो बाकी के दिन जेल में चक्की पीसते गुजरेंगे बाबा।" सुनीता ने बिना डरे कहा। वह खुद आश्चर्यचकित थी कि उसके अंदर इतना आत्मविश्वास कहाँ से आ गया था? वह डर क्यों नहीं रही थी? जिनके सामने पड़ने से वह रास्ते के एक किनारे खड़ी हो जाती थी, आज उनको पलटकर जवाब कैसे दे रही थी? उसके अंदर में आश्चर्यजनक बदलाव आया था। लेकिन वह खुश थी, खासकर अपने बच्चों के भरे पेट का ध्यान करके।

सुनीता का जवाब सुनकर पंचायत को लकवा मार गया था। लोगों को खुसुर-पुसुर होनी शुरू हो गई। "ये वेश्या हो गई है। देखते नहीं हैं, किसी

का लाज-लिहाज रह नहीं गया है ? वेश्या को भला किसका डर ?" आपस में लोग बातें करने लगे।

सुनीता वहीं चुपचाप खड़ी रही। किसी की हिम्मत नहीं पड़ रही थी कि आगे कोई कुछ कहे !

पंचायत अनिर्णीत समाप्त हो गई। पंच मुँह छुपाकर अपने-अपने घर चले गए।

□

# 3

# आपके इंतजार में

किसी भी अन्य लड़की की तरह सुनीता के मन में भी अनेक तरह की इच्छाएँ पलती रही थीं। सुनीता ने भी चाहा था कि कोई हो, जिसे वह बेपनाह मुहब्बत करे। जब फेरे हो रहे थे, तब उसने बहुत ही स्वाभाविक सी न्यूनतम इच्छा अपने मन में रखी थी। सोचा था कि वह अपने पति से बहुत प्यार करेगी। उसे हमेशा खुश रखने की कोशिश करेगी एवं उसकी खुशी के लिए अपना सर्वस्व न्योछावर कर देगी। मन में शायद यह भी आशा थी कि प्रेम के बदले प्रेम ही मिलेगा।

लेकिन इस शादी के बाद के उहापोह ने ऐसी स्थितियों का निर्माण कर दिया कि उसका मन जीवन में हर चीज से उचाट हो गया। उसकी सभी सहेलियाँ अपने-अपने विवाहोपरांत ससुराल जाकर बस चुकी थीं। सभी के आँगन में दो-एक फूल खिलकर उनकी जीवन बगिया को रंगीन बना रहे थे। पर सुनीता? उसके नसीब में तो अब बस प्रतीक्षा थी। एक अंतहीन प्रतीक्षा···उदासी, बेबसी और बेचारगी से भरी हुई। क्या दिवाकर बाबू वापस आएँगे? क्या दिवाकर बाबू उसे स्वीकारेंगे? क्या कानून उसके पक्ष में खड़ा होगा? ये ही प्रश्न उसके कोमल मन को मथते रहते। इस दौरान उसके मन में एक बार भी नहीं आया कि दिवाकर बाबू के बिना भी उसका जीवन हो सकता है! जिससे कुछ नहीं मिला, उसपर सर्वस्व की पराश्रिता, यह अद्‌भुत बात थी।

सुनीता इंतजार करती रही। उसके पास इंतजार के सिवा कोई विकल्प भी नहीं था। एक बार जिसे पति मान चुकी, उसे छोड़कर कहाँ जाए? अगर कहीं जाना होता, तो पहले ही नहीं चली गई होती? धीरे-धीरे घरवालों ने भी उसके संबंध में बात करना छोड़ दिया। वह घर में यूँ रह रही थी, मानो उसका कोई अस्तित्व ही नहीं हो! यद्यपि माँ-बाप अभी भी चिंतित रहते थे। उसके जीवन से बसंत स्थायी रूप से अदृश्य हो चुका था। वह कभी-कभी सोचती कि उसने इस तरह की पकड़उआ शादी का विरोध क्यों नहीं किया? लेकिन क्या उसके विरोध से घरवाले मान जाते? आखिर उसकी शादी किससे होती? इन्हीं सवालों के बादल उसके मन में घुमड़ते रहते और आँखों में आकर बरस जाते। उसकी हालत एक ऐसे पौधे की तरह हो गई थी, जिसे मैदान से उखाड़कर दूर कहीं रेगिस्तानी इलाके में रोप दिया गया हो और जहाँ पानी के बिना वह कुम्हलाकर जल रहा हो! उसका दर्द उसकी माँ समझती थी, पर वह क्या करती, सिवा अपनी किस्मत और लड़की के चाचा को कोसने के? जब दुःख ज्यादा होता, तो दोनों एक साथ मिलकर रो लेते, इस तरह दुःख कुछ हल्का हो जाता। लेकिन दुःख को हल्का करने का यह साधन भी सदैव साथ रहने वाला नहीं था। इसी दुःख में गलते हुए एक दिन उसकी माँ उसके जीवन से विदा हो गई। अब तो उसका दर्द बाँटनेवाला भी कोई नहीं रहा। वह कभी-कभी सोचती कि कहीं जाकर अपनी जान दे दे। इस यंत्रणादायक अंतहीन प्रतीक्षा से बेहतर है कि इस जीवन से मुक्ति पा ली जाए! लेकिन फिर मन के किसी कोने में आशा की एक किरण दिखलाई देती कि क्या पता दिवाकर बाबू का मन बदल ही जाए, आखिर उन्होंने अभी तक दूसरी शादी भी तो नहीं की है!

सुनीता को कभी-कभी लगता कि दिवाकर बाबू घर के दरवाजे पर खड़े हैं। वह चौंककर उठ खड़ी होती और दरवाजे की ओर दौड़ पड़ती। पर वहाँ नितांत शून्य के कुछ और नहीं होता। परिवर्तन प्रकृति का स्थायी नियम है, परंतु सुनीता के हिस्से से परिवर्तन स्थायी रूप से अदृश्य हो गया

था। उसका जीवन जड़वत् हो गया था, जो आगे बढ़ ही नहीं रहा था। हवा का चलना, फूलों का खिलना, ऋतुओं का बदलना, सब मृग-मरीचिका से हो गए थे, सब धोखा, सब छलावा! प्रतीक्षा ने मानो जीवन के सभी घटकों को अपना ग्रास बना लिया हो। शादी वाली घटना के दिन से वह आजतक एक कदम भी आगे नहीं बढ़ पाई थी।

दिवाकर बाबू क्या मेरे बारे में कभी कुछ नहीं सोचते होंगे? क्या उनके दिल में मेरे लिए कोई जगह नहीं है? क्या वो कभी नहीं आएँगे? सुनीता यह सब सोचती और रोने लगती। वह समझ नहीं पाती कि कोई इतना निष्ठुर कैसे हो सकता है? आखिर किसी और की गलती की सजा उसे क्यों दी जा रही है?

लेकिन दिवाकर निष्ठुर नहीं था। उसे परिस्थितियों ने पत्थर-सा कठोर बना दिया था, जिसपर सुनीता अपना सर पटक रही थी। जिस एक घटना ने उसके जीवन को तूफान के मध्य ला खड़ा किया था, वह उस तूफान से बाहर निकलना चाहता था पर जिनकी वजह से तूफान खड़ा हुआ था, वह उनसे हारना नहीं चाहता था। एक अपराजित जिद के साथ वह इस लड़ाई को लड़ रहा था। हालाँकि इस लड़ाई में उसका स्वयं का जीवन ही होम हो रहा था। उसकी सारी इच्छाएँ, सारे अपूर्ण स्वप्न कोर्ट-कचहरी के अँधियारे गलियारों में कहीं खोते जा रहे थे। वह मर्द था, इसलिए सुनीता की भाँति रो भी नहीं सकता था।

दिवाकर के पिता बिनोद बाबू पटना सचिवालय में एक छोटे से मुलाजिम थे। किसान परिवार से आनेवाले बिनोद बाबू को शहर कभी रास नहीं आया था, वे सदा एक गाँव के ही आदमी रहे। गाँव के खेत-खलिहान, पेड़-पौधे, नदी-नाले उनके जीवन आधार थे। नौकरी करते हुए भी जब भी मौका मिलता, वे भागकर अपने गाँव आ जाते थे।

रिटायर होने के बाद जीवन का शेष समय उन्होंने अपने गाँव में सुखपूर्वक बिताने का निश्चय किया था। दो बेटों व एक बेटी के पिता

बिनोद बाबू का अभी तक का जीवन संतोषप्रद रहा था। वे एक सामाजिक व्यक्ति थे एवं परंपराओं के अनुरूप चलने में यकीन रखते थे।

वे जिस समाज से आते थे, वहाँ जीवन की सबसे बड़ी सफलता एक अदद सरकारी नौकरी पानी थी। शादी-ब्याह के लिए सरकारी नौकरीवाले लड़कों की बहुत भारी माँग थी। माँग एवं आपूर्ति में माँग का पलड़ा सदा ही भारी रहता था। अजीब विडंबना यह थी कि बड़े-से-बड़े वकील, ठेकेदार, व्यापारी को जहाँ कोई नहीं पूछता था, वहीं सरकारी नौकरीवाले क्लर्क की कीमत भी लाखों रुपए थी। हरेक बेटे के बाप की इच्छा यही होती थी कि उसका बेटा किसी तरह एक सरकारी नौकरी पा जाए! उसी तरह हरेक बेटी के बाप की इच्छा यह कि उसकी बेटी के लिए कोई सरकारी नौकरीवाला दामाद मिल जाए!

शिक्षा के व्यापक प्रचार-प्रसार के बावजूद दहेज की बीमारी बढ़ती ही गई है। बेटियों को अच्छी-से-अच्छी शिक्षा एवं परवरिश देने के बाद भी बिना दहेज के शादी की कल्पना नहीं की जा सकती है। सबसे बड़ी बात यह है कि दहेज के बाजार में कभी मंदी नहीं आती।

बिनोद बाबू का बड़ा लड़का दारोगा था, जिसकी शादी उन्होंने तब कर दी थी, जब वह दारोगा नहीं हुआ था। इसलिए उस समय दान-दहेज भी कम ही मिला था, जिसका उन्हें बड़ा अफसोस रहता था। जब छोटा लड़का बैंक में क्लर्क लग गया, तब बिनोद बाबू की समाज में इज्जत बहुत बढ़ गई। छोटे की नौकरी लगने के साथ ही उसकी शादी के लिए लड़कीवाले उनके दरवाजे के चक्कर काटने लगे थे। बढ़िया खाता-पीता नौकरी वाला परिवार देखकर लड़कीवाले बाप का जी ललचा जाता था।

सब कहते कि बिनोद बाबू बड़े सौभाग्यशाली हैं। दोनों बेटों को नौकरी हो गई है, खुद उनको पेंशन मिलती ही है, इससे ज्यादा एक आदमी को क्या चाहिए भला ? बिनोद बाबू के द्वार पर लड़कीवालों का मेला सजने लगा। आसपास के सभी प्रतिष्ठित, कम प्रतिष्ठित, विख्यात, कुख्यात लोग

अपनी बेटियों के लिए बिनोद बाबू के चौखट पर धरना देने लगे थे। बिनोद बाबू के बच्चों में लड़की सबमें छोटी थी। उन्होंने तय किया कि लड़की की शादी पहले निबटाएँगे, तत्पश्चात् लड़के की शादी करेंगे। वे लड़कीवालों को यही कहकर वापस कर दे रहे थे। हालाँकि, लड़की वालों का मानना था कि बिनोद बाबू अपना भाव बढ़ा रहे हैं। शादी तो उनको करनी है, पर वे थाह ले रहे हैं कि उनको कितना दहेज मिल सकता है ?

चारो तरफ से शादी के लिए बिनोद बाबू पर दबाव पड़ रहा था, लेकिन वे अपनी नाक पर मक्खी नहीं बैठने दे रहे थे।

दिवाकर एक खूबसूरत नौजवान था। वह जलालपुर के एक बैंक में पोस्टेड था एवं वहीं एक किराए के मकान में रहता था। अभी उसकी नौकरी के कुछ ही महीने हुए थे। अपने उम्र के अन्य साथियों की तरह उसके मन-उपवन में भी हजारों रंग-बिरंगे सपनीले बादल उमड़ते-घुमड़ते रहते थे। लेकिन इन सपनीले बादलों से बारिश के छींटे गिरते, उससे पहले ही एक दिन, शाम में जब दिवाकर बैंक से वापस अपने आवास पर जा रहा था, उसका अपहरण बंदूक दिखाकर कर लिया गया। लोग कुछ समझ पाते, इसके पहले ही अपहरण करनेवाले उसे जीप में बैठाकर ले भागे। उसे चुपचाप रहने की चेतावनी दी गई।

थोड़ी देर चलने के बाद जीप एक गाँव में प्रवेश कर गई। गाँव में रास्ते के किनारे घरों के सामने खूँटे से जानवर बँधे हुए थे, जो जीप की आवाज से हड़बड़ा कर खड़े हो गए एवं खूँटा छुड़ाकर भागने का प्रयत्न करने लगे। दिवाकर भी भागना चाहता था, पर उसके बगल में बैठे व्यक्ति के हाथ में पिस्तौल थी।

वह एक सामान्य सा गाँव था। गाँव में थोड़ी दूर चलकर जीप एक घर के सामने रूक गई। जीप के रुकते ही घर से औरतें एवं लड़कियाँ निकलकर बाहर आ गईं। ऐसा लगता था, मानो वे जीप के आने की प्रतीक्षा ही कर रही थीं। दिवाकर को जो लोग लेकर आए थे, उन्होंने उसे जीप से

उतारा एवं घर के अंदर ठेलकर औरतों के हवाले कर दिया।

बैंकवालों ने थाने में एक बैंक कर्मी के अपहरण का केस दर्ज करा दिया एवं घरवालों को खबर कर दी। घरवाले जैसा स्वाभाविक था, परेशान हो गए। बिनोद बाबू का बड़ा लड़का, जो दारोगा था, वह आ गया एवं अपने स्तर से खोजबीन का प्रयास करने लगा।

उधर दिवाकर के पहुँचने के साथ ही शादी से संबंधित विधि-विधान शुरू हो गए। वहाँ पहले से ही सारी तैयारी की गई थी एवं उसको ले आने की ही प्रतीक्षा की जा रही थीं। औरतों ने लगन के गीत गाने शुरू कर दिए। मंडप गाड़ दिया गया एवं हल्दी-कलश आदि की रस्में की जाने लगीं।

दिवाकर समझ गया कि उसकी शादी करवाने की तैयारी है। उसने उन्हें समझाने की कोशिश की कि वे ऐसा न करें, पर वहाँ कोई उसकी बात सुननेवाला नहीं था। दिवाकर प्रतिरोध करने लगा। उसे जब कभी किसी रस्म हेतु ले जाने की कोशिश की जाती, तो वह नए बछड़े की तरह अड़ जाता। ऊबकर महिलाओं ने बाहर बैठे पुरुषों को बुला लिया।

"काहे ले मार खइभो कुटुंब, चुपचाप जे कहल जाहो, कइले न जा" एक लड़के ने कुछ समझाने व कुछ डराने के अंदाज में कहा।

"अभी काहे ल कुटुंब रे, बिअहवा होतै, तब न कुटुंब। अभी मारो दू हूरा कि मिजाज ठंढा हो जाएगा।" ये लड़की का चाचा था।

दो-चार बार पिटने के उपरांत दिवाकर ने तय कर लिया कि अब जो हो रहा है, उसे हो जाने दे और बाद में जो होगा, देखा जाएगा। इसी बीच एक लड़का आकर उसके कनपटी में पिस्तौल सटाकर उसे जान से मारने की धमकी भी दे गया।

जब दिवाकर को मड़वा पर बैठाने के लिए ले जाया जा रहा था, उस समय लड़की का चाचा कुरसी लगाकर आँगन में बैठा था। दिवाकर ने उसके आगे हाथ जोड़े, कहा कि ऐसा मत कीजिए, अच्छा नहीं होगा।

"चुप साला!! का अच्छा नहीं होगा? बियाह हो जाएगा, तो तुम्हरा बाप भी रखेगा लड़की को। चुपचाप बैठता है मड़वा पर कि दें दू हूरा?" लड़की के चाचा ने धमकाया और खिलखिलाकर उसकी बेचारगी पर हँस दिया।

दिवाकर चुपचाप मड़वा में बैठ गया। उसके बाद शादी की सभी रस्में निर्विघ्न पूरी कर ली गईं। सुबह होते-होते शादी की रस्म समाप्त हो गईं और बस आशीर्वादी होना बचा रह गया। आशीर्वादी वह रस्म होती है, जिसमें वर पक्ष के लोग आते हैं एवं स्वास्तिवाचन के साथ नवयुगल को आगामी जीवन हेतु आशीष देते हैं। लेकिन यहाँ तो वर पक्ष के लोग थे नहीं, इसलिए फिलहाल के लिए इस कार्यक्रम को स्थगित रखा गया।

सुबह को जब सबकुछ शांत हो गया, तो लड़की का बाप दिवाकर के पास आया और हाथ जोड़कर खड़ा हो गया।

"जो कुछ हुआ दामादजी उसको भूलकर क्षमा कर दीजिए और मेरी बेटी को स्वीकार कीजिए।"

दिवाकर का मन पहले से कुपित था। उसके जी में आया कि उठकर दो झापड़ खींच दे! लेकिन अभी तक उसके मन पर पिछली रात हुई पिटाई और पिस्तौल का खौफ कायम था। वह चुप रहा, लेकिन भीतर-ही-भीतर वह सुलग रहा था।

लड़की का बाप चुपचाप हाथ जोड़े खड़ा रहा। वह देखने में भोला-भाला एवं बेचारा सा लग रहा था। दिवाकर को उस पर दया भी आई। लेकिन फिर यह सोचकर कि कल रात जब उसकी पिटाई हो रही थी, तब तो यह चुपचाप तमाशा देख रहा था, वह चुप रहा।

"दामादजी! हम आपके पैर पकड़ते हैं, क्षमा कर दीजिए," लड़की के बाप ने उसके पैर पकड़ लिये थे।

"आप जाइए यहाँ से। ये सब नौटंकी मत कीजिए। ऐसा काम करने के पहले आपने कुछ नहीं सोचा?"

"हम क्या करते बेटा, हम तो लड़की के बाप हैं, हमें तो लड़की के भार से उऋण होना है। हम तिलक-दहेज का इतना पैसा कहाँ से लाते?" लड़की के बाप ने दिवाकर से कहा।

"दहेज का पैसा? क्या मेरे पिताजी ने आपसे दहेज माँगा था?"

"नहीं आपके पिताजी ने नहीं माँगा था, लेकिन वे क्या बिना दहेज के आपकी शादी कर लेते?"

"कर लेते या नहीं कर लेते, लेकिन जब दहेज की बात ही नहीं हुई, तो आप ऐसा कैसे कह सकते हैं?"

"ऐसा ही समाज का आज का नियम है बाबू," बिना दहेज के कौन शादी कर रहा है? उसपर भी नौकरीवाले लड़के का? आजकल तो जिसका बेटा सिपाही है, वो भी दस लाख माँग रहा है। हमको कोई शौक थोड़े ही है, अपनी बेटी की इस तरह से शादी करने की, लेकिन क्या करें हम, अपनी बेटी को दहेज के अभाव में घर में बैठाकर तो नहीं रह सकते?" लड़की के बाप के चेहरे से लाचारगी द्रवित हो रही थी।

"तो मैं ही क्यों, किसी और से करते अपनी बेटी की शादी। इतनी बड़ी दुनिया में मैं ही मिला था, आपको पकड़ के शादी करने के लिए?" दिवाकर ने खिसियाकर कहा।

"जिससे भी करते, उसको तो ऐसा ही लगता न बाबू, कौन खुशी-खुशी पकड़उआ शादी के लिए तैयार होता है? अगर खुशी से तैयार ही होता, तो फिर पकड़कर करने की जरूरत ही क्या पड़ती? आपने तो देखा ही होगा कि हमारी लड़की सुनीता बहुत खूबसूरत है। आपकी घर-गृहस्थी अच्छे से बसाएगी। घर-परिवार में सबकी सेवा करेगी और सबको खुश रखेगी। आप घाटे में नहीं रहिएगा बाबू।" यह कहते हुए लड़की के बाप ने फिर से हाथ जोड़ दिए और अपनी जेब से निकालकर एक हजार एक रुपए दिवाकर को आशीर्वाद स्वरूप देने लगा।

दिवाकर ने रुपए लेने से मना कर दिया, जिसपर लड़की के बाप ने

उसके पॉकेट में रुपए रख देने की कोशिश की, जिसे निकालकर दिवाकर ने दूर फेंक दिया।

दिवाकर रात भर का जागा हुआ था, उसे बहुत जोरों की नींद आ रही थी। इस बीच अनेकों तरह की सालियाँ; सगी, चचेरी, ममेरी, फुफेरी उसके पास आकर उससे चुहल करने की कोशिश करती रहीं, पर वह निर्विकार पत्थर की मूरत बना बैठा रहा। सबके जाते ही वह वहीं पड़ी एक खटिया पर लुढक गया और गहरी नींद में चला गया।

रात घिर आई थी। सालियाँ फिर से दिवाकर के पास आकर उससे चुहल करने की कोशिश करने लगी थीं। रोशनी के लिए गैस बत्ती का इंतजाम था, जिसे जला दिया गया था। घर में आए हुए मेहमान इधर-उधर, जहाँ जगह मिल रही थी, पसरे हुए थे। रात में सबने भोजन किया, पर दिवाकर का अनशन जारी रहा।

सुनीता एक औसत कद की इक्कीस वर्षीया सुंदर सी लड़की थी। वह पढ़ने लिखने में रुचि लेती थी। गाँव के हाई स्कूल से उसने दसवीं तक की पढ़ाई की थी। उसके बाद उसने प्राइवेट से फॉर्म भरकर इंटर और बीए की डिग्री भी हासिल की थी। उसके पिता रामचरित्तर की आर्थिक स्थिति ऐसी कभी नहीं रही कि वे सुनीता के लिए किताब एवं कॉपियों का प्रबंध कर सकें। ऐसे में उसके चाचा रामलखन ने उसकी मदद की। रामलखन कॉलिएरी में काम करते थे। वही उसकी कॉलेज की फीस एवं किताबों आदि का खर्च उठाते रहे। इस तरह रामलखन के अहसानों के तले सुनीता एवं रामचरित्तर दोनों दबे हुए थे। जब सुनीता की शादी के लिए रामलखन ने नौकरी वाले पकड़ऊआ लड़के के इंतजाम की बात कही, तो रामचरित्तर कुछ बोल नहीं पाए।

दरअसल, इस इंतजाम के पीछे रामलखन का अपना स्वार्थ था। रामलखन की बेटी प्रिया, सुनीता से छोटी थी। उसने अपनी बेटी के लिए एक अच्छा नौकरीवाला लड़का देख रखा था। परेशानी यह थी कि घर में

बड़ी लड़की के कुँवारी रहते छोटी की शादी करने से उसे जगहँसाई का डर था। इसलिए वह किसी तरह सुनीता की शादी निबटा देना चाहता था।

सुनीता की इच्छा थी कि वह पढ़-लिखकर शिक्षिका बने। स्नातक के उपरांत उसने बीएड करने की योजना बनाई थी। लेकिन इससे पहले कि सुनीता अपने मन की बात कह पाती, रामलखन उसकी शादी का जुगाड़ भिड़ा दिए।

रात में सालियों ने मिलकर दिवाकर को एक कमरे में ठेल-ठालकर पहुँचा दिया और पीछे से सुनीता को भी उसी कमरे में भेज दिया गया।

इस तरह की पकड़उआ शादियों में यह माना जाता है कि लड़का शुरू में गुस्सा करता है, परंतु जब लड़की को देखता है, तो उसका गुस्सा धीरे-धीरे भाप की तरह उड़ जाता है। लड़की-लड़के का दिल जीत लेती है और लड़का फिर लड़की के प्यार में अपने घरवालों से भी विद्रोह कर देता है। ऐसे कई दृष्टांत भी यहाँ-वहाँ मौजूद थे।

कमरे में एक पलंग लगा हुआ था, जिसपर बिस्तर बिछा था। बिस्तर के ऊपर बिछी चादर पर खूबसूरत कढ़ाई का काम किया हुआ था। तकिया पर भी धागे की कढ़ाई से 'स्वीट ड्रीम' और 'लव' लिखा हुआ था। कमरे में पलंग के सिवा दूसरा कोई फर्नीचर नहीं था। दिवाकर कमरे के भीतर जाते ही पलंग पर लेट गया। दरवाजा बाहर से बंद कर दिया गया था। लड़की चुपचाप पलंग से थोड़ी दूर दरवाजे के पास ही खड़ी थी। वह चुपचाप कुछ देर वहीं खड़ी रही। दिवाकर ने उसकी ओर कोई प्रतिक्रिया नहीं दी एवं चुपचाप पलंग पर लेटा रहा, मानो वह गहरी नींद में हो। कमरे के अंदर लैंप की हलकी रोशनी फैल रही थी।

लड़की कुछ देर वहीं खड़ी रहने के बाद पलंग के पास आ गई। थोड़ी देर बाद दिवाकर ने अपने चेहरे पर किसी का स्पर्श महसूस किया। वह हड़बड़ाकर उठ बैठा। उसने आँखें खोलीं, तो देखा कि लड़की उसके पलंग के पास खड़ी है एवं उसके बालों को सहला रही है। उसने नजरें नीची झुका

रखी थीं और अंगूठे से जमीन को कुरेदने की कोशिश कर रही थी। मानो वह एक अनजान व्यक्ति के सामने शरम से गड़ी जा रही हो!

दिवाकर ने देखा कि लड़की निहायत ही खूबसूरत थी। एक बंद कमरे में एक खूबसूरत लड़की किसी लड़के के बालों को सहला रही है। दिवाकर को एक पल के लिए लगा कि वह सबकुछ भूलकर लड़की को अपनी बाँहों में भर ले और उसके अधरों पर चुंबनों की बरसात कर दे!

लेकिन किसी तरह दिवाकर ने अपने आपको सँभाला। लड़की चुपचाप खड़ी रही। दिवाकर ने एक बार फिर से उसकी ओर देखा। उसे लगा, अब उसके लिए खुद को रोक पाना मुश्किल हो रहा है। लेकिन कल की पिटाई और पिस्तौल के भय से वह सिहर उठा। उसे लड़की के चाचा और उसकी हँसी याद आई। लड़की चुपचाप खड़ी रही। मानो उसे ऐसा करने के लिए कहकर अंदर भेजा गया हो!

कुछ देर जब यूँ ही बीत गया तो लड़की ने धीमे स्वर में उससे पूछा, "नाराज हैं?"

दिवाकर चुप रहा।

"इसमें मेरी क्या गलती है?" लड़की ने फिर कहा।

"नहीं, सारी गलती तो मेरी है, मैं तुम्हें उठाकर यहाँ लेकर आया! मैंने तुम्हारा अपहरण किया है!" दिवाकर ने चीखते हुए कहा। उसके सामने अपहरण की वारदात से लेकर अभी तक का सारा घटनाक्रम चित्रपटल की भाँति घूम गया।

"नहीं, आपकी कोई गलती नहीं है। गलती तो मेरे परिवारवालों की है। लेकिन मेरी तो कोई गलती नहीं है न?" लड़की ने कहा।

"किसी-न-किसी से तो आपको शादी करनी ही थी, मेरी ओर देखिए मुझमें क्या कमी है? अपने परिवारवालों की तरफ से मैं आपसे माफी माँगती हूँ।" उसने कहा और दिवाकर के पैर पकड़ लिये।

लड़की वहीं बैठकर रोने लगी। "अब तो कुछ नहीं हो सकता है। अब तो आप मेरे पति और मैं आपकी धर्मपत्नी हूँ। इस जन्म में तो आपको इस देह से ही काम चलाना पड़ेगा।" लड़की ने सुबकते हुए कहा।

"काहे की धर्मपत्नी ? अच्छी जबरदस्ती है। मैंने पत्नी कभी माना ही नहीं है आपको। ऐसे जबरदस्ती कोई किसी की पत्नी बनती है क्या ?" दिवाकर ने कहा।

"तो क्या करते, मेरे पिताजी इतना दहेज कहाँ से लाते ? जहाँ जाते थे, बीस लाख, तीस लाख दहेज माँगते थे। ऊपर से सोने के जेवर, गाड़ी अलग से। क्या करते मेरे पिताजी ? बेटी को जिंदगी भर घर में बिठाकर, तो नहीं रख सकते थे!" लड़की ने कहा।

"तो उसका ठेका मैंने लिया था क्या ? मेरे पिताजी ने तो दहेज नहीं माँगा था। जब मेरी अभी शादी ही नहीं होनी थी, तो दहेज का प्रश्न कहाँ से आया ? जिसने दहेज माँगा था, उसको उठाना चाहिए था। मुझे क्यों ?" दिवाकर ने वही तर्क फिर से रखा, जो उसने दिन में लड़की के बाप के समक्ष रखा था।

"आपकी जब शादी तय होती, तो आपके पिताजी बिना दहेज के शादी कर देते क्या ?" लड़की भी अब खुलकर अपना पक्ष रखने लगी थी।

"तब क्या होता, ये कौन जानता है ? लेकिन इस तरह किसी के साथ जबरदस्ती किया जा सकता है क्या ?" दिवाकर ने कहा।

हालाँकि, उसे लग रहा था कि उसकी दलील कहीं-न-कहीं कमजोर पड़ रही है। बड़े भाई की शादी में कम दहेज मिलने का पिताजी को बड़ा अफसोस था और अपनी बहन की शादी के लिए भी वे लोग जहाँ कहीं जा रह थे, लड़केवाले अनाप-शनाप दहेज माँग रहे थे। दहेज तो समाज की कटु सच्चाई है, इसे कैसे झुठलाया जा सकता है ? लेकिन इसका यह भी तो मतलब नहीं कि उसके साथ जबरदस्ती करके, उसका अपहरण करके, उसके साथ मारपीट करके उसकी शादी किसी लड़की के साथ कर दी

जाए? उसने ऐसा सोचकर अपने आप को आश्वस्त किया।

"ठीक है, जो हुआ, वह बहुत गलत हुआ, उसके लिए मैं आपसे माफी माँगती हूँ। अब सब भूलकर मुझे स्वीकार कीजिए। आपको मैंने अब पति मान लिया है, तो अब आपके सिवा दूसरा कोई नहीं है इस दुनिया में। अब मेरे माँ, बाप, भाई, बहन से भी बढ़कर आप ही हैं। मैं अब आपको अपना सर्वस्व सौंपती हूँ। जैसे नदी की पूर्णता समुद्र में मिलने में है, वैसे ही मेरी पूर्णता आपके साथ है। आपके दुःख-सुख में मैं सदा प्राणपण से खड़ी रहूँगी। जिस तरह सरोवर के जल में खिलनेवाला कमल, सरोवर की सुंदरता को बढ़ा देता है, वैसे ही मैं भी आपके जीवन के सुख को बढ़ाने के प्रयत्न करूँगी।" लड़की ने कहा और फिर उसके पैर पकड़ लिये। दिवाकर पैर खींचकर पलंग के दूसरे कोने में चला गया।

दिवाकर अपना ध्यान दूसरी ओर करने की कोशिश करते हुए पलंग पर लेट गया। इसी बीच कब नींद आ गई, उसे पता ही नहीं चला। उसकी नींद सुबह में शोरगुल से खुली। उसकी पलंग पर चारों ओर लड़कियाँ उसे घेरकर बैठी हुई थीं और उसे उठा रही थी। वह हड़बड़ाकर उठ गया। उसे रात की बात याद आई और वह घबरा गया। फिर उसने याद किया कि उसने तो गलत कुछ किया नहीं था। इस बात ने उसे तसल्ली दी और वह सीधा होकर बैठ गया।

उसकी सालियाँ उससे रात की बात पूछने लगी। उन्होंने पूछा कि उसकी दीदी उसे कैसी लगी, रात भर सोए या जागते रहे आदि-आदि? दिवाकर चुप रहा। फिर उसे लगा कि उसका चुप रहना गलत संदेश दे सकता है, तो उसने जोर से कहा कि रात में ऐसा कुछ नहीं हुआ, जैसा आप लोग कह रहे हैं। मैं अकेले यहाँ सोया हुआ था।

धीरे-धीरे घर में यह बात फैल गई कि रात में कुछ नहीं हुआ। लड़की की भाभियाँ उसे उलाहने देते हुए कहने लगीं कि कैसी लड़की है, जो रात भर में जमा हुआ घी नहीं पिघला सकी? लड़की के लिए यह दिन बहुत

यातनाभरा रहा। वह जिंदगी के एक ऐसे दौर से गुजर रही थी, जहाँ उसके अपने उसे उलाहना दे रहे थे और जिसे उसका अपना होना था, वह उसे अपनाने के लिए तैयार नहीं था। वह रोने लगी थी। बीच-बीच में उसकी सिसकियाँ जोर पकड़ लेतीं, तो दिवाकर का कलेजा भी फटने लगता। लेकिन वह किसी तरह अपने आपको मजबूत किए रहा। दिन में दिवाकर को समझाने-बुझाने का दौर चलता रहा। कभी सास, कभी फुआ सास, कभी सरहज, तो कभी सालियाँ आकर समझाने की कोशिश करती रहीं कि इससे बेहतर लड़की उसे दीया लेकर ढूँढ़ने से भी नहीं मिलने वाली है।

लेकिन लड़की का चाचा, जिसपर दिवाकर को सबसे ज्यादा गुस्सा था, अपनी घृष्टता पर कायम रहा—

"साला नौटंकी कर रहा है। छोड़ दो, अपने आप ठीक हो जाएगा। जब बियाह हो गया है, तो अब कहाँ जइहें बच्चू? होल बिआह मोर करवा की औ धिया छोड़ के लेबा की?" उसने व्यंग्यात्मक हँसी हँसते हुए कहा।

दिवाकर के मन में आया कि उठकर उसके मुँह पर एक जोरदार तमाचा जड़ दे! लेकिन कल की पिटाई और पिस्तौल वाली बात उसे याद थी।

इसी कशमकश में किसी तरह दिन गुजरा। शाम घिर आई थी रोशनी के लिए गैस बत्तियाँ जला दी गई थीं। औरतें खाना बनाने में मशगूल थीं एवं मर्द लोग आपस में बात करने में। अचानक से घर में कोहराम मच गया। घर के बाहर बैठे मर्द भाग अंदर आने लगे एवं घर का दरवाजा बंद कर दिया गया। दिवाकर को खींचकर एक कमरे में ले जाया गया एवं कमरा बाहर से बंद कर दिया गया।

बाहर पुलिसवाले जोर-जोर से दरवाजा पीट रहे थे। दिवाकर का भाई पुलिस लेकर आया था। पुलिसवाले जोर-जोर से आवाज लगाकर दरवाजा खोलने के लिए कह रहे थे। लेकिन कोई दरवाजा नहीं खोल रहा था। इस बीच लड़की और उसकी माँ जोर-जोर से रोने लगीं एवं लड़की के चाचा

को कोसने लगीं "सब इहे मुँहझौसा के चलते होल हे।"

दिवाकर को समझ आ गया कि उसे बचाने के लिए पुलिस आ गई है। उसका हौसला बढ़ गया। वह कमरे के अंदर से दरवाजा पीटने लगा। दरवाजा खुलता न देख पुलिसवाले बगल के घर की छत पर चढ़कर लड़की के घर में प्रवेश कर गए। दिवाकर अंदर से बेताहाशा दरवाजा पीट रहा था। एक पुलिसवाले ने दिवाकर के कमरे का दरवाजा खोलकर दिवाकर को बाहर निकाला।

लड़की और उसकी माँ की रूलाई से आसमान का कलेजा फटने लगा था। दिवाकर को लगा, अब अगर वहाँ रहा तो उसका सर फट जाएगा। उसने अपने भाई से कहा, भैया, जल्दी चलो अब यहाँ से। इसी बीच लड़की का चाचा पुलिसवाले को और दिवाकर के भाई को कुछ समझाने की चेष्टा करने लगा।

दिवाकर के वापस अपने घर चले जाने के बाद लड़की का बाप अपने कुछ नाते-रिश्तेदारों के साथ बिनोद बाबू से मिलने उनके गाँव पहुँचा। लेकिन बिनोद बाबू तो पहले से आग हो रहे थे। उन्होंने आव देखा न ताव, लाठी लेकर सबको दौड़ा दिया। सभी लोग बेचारे जान बचाकर गिरते-पड़ते भागे।

"क्या सोचा था रे साला ··· जिसका भाई दरोगा है, लड़का खुद बैंक में काम करता है, उसको तुम पकड़ के शादी कर लेगा और हम तुम्हारी लड़की को रख लेंगे? भागो साला यहाँ से! दुबारा आया तो टांग तोड़ देंगे।" दिवाकर के पिताजी बुरी तरह से गुस्से में काँप रहे थे।

लड़की का बाप सीधा-सादा आदमी था। वह बार-बार कोशिश करता रहा एवं बेइज्जत होता रहा। गाँव के सभी लोगों के उसने पैर पकड़े कि बाबू किसी तरह मेरी बेटी को बसा दीजिए। पर कोई फायदा नहीं हुआ। अंत में हारकर बैठ गया। दिवाकर के अपहरण का जो केस बना था, वह चलता रहा। लड़कीवालों के तरफ से भी दहेज उत्पीड़न का एक फर्जी

केस लगा दिया गया। दिवाकर ने कोर्ट से शादी करने की अनुमति संबंधी एक याचिका भी लगा दी। दोनों केस साथ-साथ चलते रहे। जब तक केस चलता रहा, सुनीता की उम्मीद जगी रही। दिवाकर ने भी उस दौरान शादी नहीं की। केस लंबा चला एवं दिवाकर की शादी की उम्र गुजरने लगी। इस बीच दिवाकर को कई लोगों ने समझाया कि वह लड़की को ले आए, इस तरह क्यों अपनी जिंदगी बरबाद कर रहा है। दिवाकर भी अत्यंत दु:खी रहने लगा था। उसके हमउम्र लोगों के बच्चे बड़े हो रहे थे, परंतु वह अभी तक यूँ ही बैठा था। उसे लगता कि उसे बिना किसी अपराध के ही सजा दी जा रही है। उसकी जिंदगी व्यर्थ हो गई है, लेकिन वह मन को कठोर रखता। वह हार मानने को तैयार नहीं था।

कोर्ट ने अपना फैसला देने में काफी लंबा समय लिया। अंत में कोर्ट का फैसला दिवाकर के पक्ष में आया। कोर्ट ने उसकी शादी को खारिज करते हुए दिवाकर को शादी की अनुमति दे दी। एक लंबी यंत्रणादायक प्रतीक्षा का निराशाजनक अंत हुआ था।

जिस दिन कोर्ट के फैसले की जानकारी मिली सुनीता ने आँसू नहीं बहाए। समय के लंबे झंझावातों की ठोकरों में उसके आँसू अब तक शायद सूख चुके थे। सुनीता ने बहुत वर्षों के बाद उस दिन गौर से स्वयं को आईने में देखा। समय ने इस बीच बहुत लंबी यात्रा के निशान उसके चेहरे पर दर्ज कर दिए थे। बालों में से सफेदी की एक दो किरणें झाँकने लगी थीं। उसने मन कड़ा किया। खुद को अच्छे से सँवारा एवं अपने पिता के पास जाकर बोली, "पिताजी मुझे बीएड करना है।"

सूरज उत्तरायण में प्रवेश कर चुका था, दिन बड़े होने लग गए थे। मौसम में होली की धमक सुनाई पड़ने लग गई थी। सुनीता ने बीएड में नामांकन करा लिया था। कुछ ही दिनों में क्लास प्रारंभ होने वाली थी। एक दिन रामचरित्तर के घर के पास एक गाड़ी आकर रुकी। घर के बाहर बैठी औरतों ने कार से उतरे आदमी को पहचानने की कोशिश की। उन्हीं में से

एक लड़की ने उसे पहचाना और उसने रामचरित्तर के दरवाजे की ओर दौड़ लगा दी—

सुनीता दीदी···सुनीता दीदी, देखो कौन आया है···?

शोर सुनकर सुनीता घर के बाहर आई···।

तब तक वह आदमी भी दरवाजे तक आ पहुँचा था।

सुनीता ने देखा तो अवाक् देखती ही रही। उसे अपनी आँखों पर यकीन नहीं हुआ। बगल के वृक्ष पर बैठी कोयल ने कूक लगाई। बसंती हवा का एक झोंका सुनीता के बालों को सहलाता हुआ चला गया।

"बहुत इंतजार कराया···" सुनीता किसी तरह से इतना ही कह सकी।

"मैंने भी तो बहुत इंतजार किया।"

□

4

# हाकिम का पाजामा

वह एक बहुत ही गरम सुबह थी। बिजलीघरों में कोयले की कमी के कारण बिजली की आपूर्ति कम हो रही थी, इसलिए उस उमस भरी सुबह को बिजली नदारद थी। घर के भीतर से अकुलाया हुआ, ठंडी हवा के लिए मैं बाहर बरामदे में आकर बैठ गया और क्यारियों में लगे फूलों को निहारने लगा। पौधे कुम्हलाए हुए दिख रहे थे। उन्हें पानी की सख्त जरूरत थी। लेकिन जबतक बिजली न आ जाए, पानी खर्च करना समझदारी नहीं थी। बिजली का कोई भरोसा नहीं था। जब से कोयले की आपूर्ति कम हुई थी, बिजली लंबे समय तक गायब रहती थी। पीने और खाना बनाने के लिए पानी की ज्यादा जरूरत थी। यही सोचकर पौधों में पानी देना मैंने मुल्तवी कर दिया।

सहसा मैंने देखा कि फूलों की क्यारियों के बीच एक सफेद चमकीली चीज पड़ी है। मैं लपककर वहाँ गया और उसे उठा लाया। मेरे आश्चर्य का कोई ठिकाना नहीं रहा। वह एक रेशमी पाजामा था, उसमें बेल-बूटे जड़े थे। इतना सुंदर पाजामा किसका होगा और यह मेरे अहाते में कैसे आ गया ? पाजामा देखने से बहुत कीमती लग रहा था। मैंने उसे सहलाया, वह बहुत ही मुलायम था। उतना सुंदर और मुलायम रेशमी कपड़ा मैंने अपनी जिंदगी में कभी नहीं देखा। वह आश्चर्यजनक रूप से आम कपड़ों की तुलना में ठंडा भी था। मुझे उसे पहनने की बड़ी ही तीव्र इच्छा हुई। मैं

फौरन ही भीतर गया और उसे पहन लिया। मुझे ठंडक महसूस हुई। अहा!

अगर ऐसा ही ऊपर का कुर्ता भी रहता तो कितना अच्छा होता!

थोड़ी देर मैं इधर-उधर बरामदे में ही टहलता रहा, फिर ऊपर एक पुरानी कमीज डालकर घर के बाहर सड़क पर निकल आया। उस पाजामे को पहनकर मेरी चाल में एक अजीब सी अकड़ आ गई थी, मै ऊँट की तरह गरदन ऊँची करके चल रहा था। मैं अपने भीतर एक बदलाव अनुभव करने लगा था। मैं आत्मविश्वास से भरा हुआ था। राह चलते कुछ लोग मेरे पाजामे को गौर से देख रहे थे। उनका इस तरह देखना मुझे अच्छा लग रहा था। जो लोग मुझे नहीं देख रहे थे, उन्हें मैं बेवकूफ और बदमाश समझ रहा था। जब कुछ लोगों ने मुझे सलाम भी किया तो मुझे बड़ा अच्छा लगा।

थोड़ी देर बाद जब मैं घर लौटा, तब तक अखबार आ गया था। अखबारवाला रोज की तरह अखबार को रोल करके बरामदे में फेंककर चला गया था। मेरी चाय पीने की इच्छा हुई। लेकिन फिर सोचा, पहले अखबार पढ़ लिया जाए। मैं वहीं लगी कुरसी पर बैठकर अखबार पढ़ने लगा। मैंने रोज की तरह अखबार में सबसे पहले खेल की खबरें देखी और फिर सूडोकू बनाने लगा। उसके बाद जब मैंने मुख्य समाचारों के लिए मुख्य पृष्ठ देखा तो चौंक पड़ा।

अखबार में जो पहले ही पन्ने पर सबसे महत्त्वपूर्ण खबर थी, वह यह कि बड़े हाकिम का पाजामा चोरी हो गया है एवं बड़े हाकिम के सिपाही उस पाजामे को ढूँढ़ रहे हैं और चोर को पकड़ते ही फाँसी पर लटका दिया जाने का हुक्म हुआ है। यह पढ़ते ही मुझे करंट सा लगा। कहीं यही तो हाकिम का पाजामा नहीं है? मैंने अपने पैरों की ओर देखा। पाजामा मेरे पैरों में खूब फब रहा था। ऐसा लगता था कि दर्जी ने मेरी ही नाप से इसे सिला था। शायद हाकिम का शरीर मेरे ही बराबर हो! आखिर हाकिम भी तो आदमी ही है। ऐसा मैंने सोचा। मैंने हाकिम को कभी नहीं देखा था। लेकिन हाकिम का पाजामा मैंने पहना हुआ है, यह सोचकर ही मेरे देह में भय से

झुरझुरी होने लगी थी। कहीं मुझे ही चोर न समझ लिया जाए! पहले तो मैं वहीं पर पाजामा खोलने का प्रयत्न करने लगा, फिर मुझे अहसास हुआ कि मैंने पाजामा के भीतर कुछ नहीं पहना है। सड़क किनारे खुले बरामदे में यूँ नंगा होना उचित नहीं है, कोई देख ले तो पागल समझेगा, यही सोचकर मैं दौड़कर भीतर गया और पाजामा खोल दिया।

मैंने पड़ोस के घर में झाँककर देखा, उनके घर में अभी तक कोई चहल-पहल नहीं थी। वे लोग शायद अभी सोकर नहीं उठे थे। मेरा पड़ोसी अजीब आदमी था। वह शराबी था और अकसर शराब पीकर देर से घर आता था। घर आने के बाद देर तक उनके घर में आपस में लड़ाइयाँ होती थीं, इसीलिए वे लोग देर से ही सोकर उठते थे। मुझे वे लोग जरा भी पसंद नहीं थे। मैंने उन्हें कई बार समझाया था कि इस तरह से देर रात झगड़ा करना और देर से सुबह उठना अच्छी बात नहीं है, पर उन्होंने मेरी बात पर कभी ध्यान नहीं दिया, उल्टे उन्हें मेरी बात अच्छी नहीं लगती थी तथा मुझे सबक सिखाने की धमकी देते थे। एक बार तो उनके झगड़े और शोर-शराबे से ऊबकर मैंने पुलिस भी बुला ली थी। लेकिन पुलिस भी क्या करती, आपस में पति-पत्नी का मामला था! पुलिस के आने के बाद पत्नी भी पति के पक्ष में बोलने लगी और उलटे मुझ पर ही परेशान करने का आरोप लगा दिया था।

खैर, यह समय उनके बारे में सोचने का नहीं था। अभी इस पाजामे के बारे में सोचने का समय था, जिसके बारे में अब तक मुझे पूरा यकीन हो गया था कि यह पाजामा हाकिम का ही था। पाजामे में लगा रेशम, उसकी अच्छी सिलाई और उसपर लगे चमकीले बेल-बूटे, इस बात की बराबर तसदीक कर रहे थे कि यह कोई मामूली पाजामा नहीं था। मुझे पहले ही समझ जाना चाहिए था, लेकिन मैंने इतनी दूर की बात नहीं सोची थी। हाकिम का पाजामा भी हाकिम की तरह विशिष्ट था।

मैंने इधर-उधर देखा और उस पाजामे को पड़ोसी के अहाते में फेंक

दिया। फिर निश्चिंत होकर मैं घर के भीतर चला गया। घर के भीतर जाकर मैंने चाय बनाई, चाय पी और कमरे में लेटकर टीवी देखने लगा। पाजामे का रेशमी अहसास अभी तक मेरे शरीर को सहला रहा था। साथ ही एक सुकून भी था कि गले पड़ी मुसीबत से जल्दी ही छुटकारा मिल गया था। कुछ घंटे के बाद जब बिजली आई तो मैंने सोचा कि पौधों को पानी दे दूँ। मुझे यह भी उत्सुकता थी कि पड़ोसी ने आखिरकार उस पाजामे को देखा या नहीं, और देखा तो क्या किया, मैं निश्चिंत था कि चूँकि पड़ोसी के घर में अखबार नहीं आता है, तो उसे इस पाजामे के पीछे की कहानी पता नहीं चलेगी।

लेकिन बाहर आकर मैं यह देखकर आश्चर्य में पड़ गया कि वह पाजामा मेरे ही बरामदे में, मेरी आरामकुरसी पर पड़ा था! यह मेरे लिए बड़ी हैरत की बात थी। मेरी आँखें फटी की फटी रह गईं। यह कैसे हुआ ? मैंने पड़ोसी के घर में झांककर देखा, वहाँ कोई नहीं था, न कोई हलचल थी। वे लोग शायद अभी तक सोकर नहीं उठे थे। फिर इस पाजामे का क्या जादू है ? यह बार-बार मेरे ही घर में क्यों आ जा रहा है ? मैं परेशान होकर इधर-उधर टहलने लगा।

तभी मैंने देखा कि रास्ते से दो सिपाही गुजर रहे हैं और सभी घरों के भीतर उचक-उचक कर देख रहे है। वे शायद हाकिम के पाजामे को खोज रहे थे। वे मेरे घर के सामने आते, उससे पहले ही पाजामे को उठाकर मैं घर के भीतर तेजी से भाग गया। अब तो मेरी टाँगें काँप रही थीं। मुझे लगा, मैंने पाजामा नहीं, बल्कि कोई जहरीला साँप पकड़ा हुआ है। मैंने पाजामे को खुद से दूर फेंक दिया।

अगर सिपाही घर के भीतर आ गए तो क्या होगा ? मैं तो इसे पहनकर सड़क पर घूम भी आया हूँ। कई लोगों ने मुझे देखा भी है ! मेरा सर चकराने लगा।

बिजली फिर से चली गई थी। घर के भीतर घुटन और उमस महसूस

हो रही थी। इसलिए मैं ताजा हवा लेने के लिए घर से बाहर बरामदे में आ गया। बाहर आकर मैंने देखा, मेरा पड़ोसी अपने आँगन में पौधों की छँटाई कर रहा है। मेरे आने की आहट होते ही, रुककर उसने कमर सीधी की, मेरी ओर गौर से देखा और धीमे से मुस्करा दिया। मुझे उसकी मुस्कान अजीब लगी।

ओह! तो क्या उसे मालूम हो गया था कि यह हाकिम का पाजामा है और उसे मैंने उसके आँगन में रखा था? क्या पता, हो सकता है उस समय वह जगा हुआ हो और कहीं से मुझे देख रहा हो! हो सकता है, उसने कल रात शराब नहीं पी और सबेरे जल्दी उठ गया हो! मैं ही तो उसे सबेरे जल्दी उठने के लिए कहता था। हो सकता है, उसे पहले से ही मालूम हो कि हाकिम का पायजामा चोरी हो गया है।

कुरसी पर रखे अखबार पर फिर से मेरी नजर पड़ी। पाजामा चुरानेवाले के लिए मोटे अक्षरों में फाँसी की बात लिखी हुई थी। हाकिम के लिए फाँसी आम बात थी। वह जिसे चाहे फाँसी दे सकता था। मुझे अपने गले पर दबाव सा महसूस होने लगा। फाँसी के समय झटके से गरदन की हड्डी टूट जाती है। मैंने अपने गले पर हाथ फेरा। आज मुझे पहली बार लगा कि मेरी गरदन किसी सुंदर स्त्री की तरह लंबी है। मैं आईने के सामने खड़ा होकर अपनी गरदन देखने लगा। मेरी टूटी हुई गरदन कैसी लगेगी?

लेकिन मैंने तो पाजामा नहीं चुराया है! यह तो मेरे अहाते में फेंका हुआ मिला। पर ऐसा कहने से क्या कोई मेरा यकीन करेगा? शायद कोई नहीं। न्याय की आँखों पर तो पट्टी बँधी है। लेकिन एक पाजामे के लिए इतनी सख्त सजा! बात मेरी समझ से परे थी। लेकिन हाकिम कुछ भी कर सकता था। जिसे चाहे सजा दे, जिसे चाहे इनाम बख्श दे।

यही सब सोचते हुए मेरे कदम घर से निकलकर हाकिम के घर की तरफ अनायास ही चल पड़े। रास्ते में मुझे चाय की तलब लगी, तो एक दुकान पर ठहरकर मैं चाय पीने लगा। मुझे समझ में आया कि भूख और

प्यास मृत्यु के भय से भी बड़ी हैं।

वहाँ कुछ लोग हाकिम के चोरी गए पाजामे की चर्चा कर रहे थे। मैं ध्यान से उनकी बातें सुनने लगा। वे कह रहे थे कि हाकिम इस बात से बहुत ही ज्यादा नाराज हैं। अगर उसे पाजामा नहीं मिला तो वह सभी सिपाहियों को दंडित करेगा और पूरे शहर को भी सजा देगा।

'लेकिन ऐसा क्या था उस पाजामे में?' सहसा मेरे मुँह से निकल गया। मुझे डर भी लगा कि कहीं ये हाकिम के जासूस न हों, कहीं मुझे ही चोर न समझ लिया जाए। चोरी का पाजामा अभी तक मेरे घर में पड़ा था।

अपनी बातचीत में पड़ी इस दखल से पहले तो वे अकचकाए फिर मुझे भी अपने करीब बिठाकर अपनी बातचीत में शामिल कर लिया। वे सिगरेट पी रहे थे। उन्होंने मुझे भी एक सिगरेट दी और चुपके से फुसफुसाकर बताया, "जब पाजामा चोरी हुआ, तब हाकिम महल से बाहर किसी पराई स्त्री के साथ सहवास कर रहा था, इतने में चोर ने उसका पाजामा चुरा लिया। हाकिम को वहाँ से नंगे अपने महल में जाना पड़ा।"

अब मुझे हाकिम के गुस्से की वास्तविक वजह समझ में आ गई थी। मैं वापस अपने घर आ गया और पाजामे को ठिकाने लगाने की तरकीबें सोचने लगा। लेकिन कोई भी कारगर तकीब समझ में नहीं आई। इसी तरह पूरा दिन गुजर गया।

कल के अखबार में फिर हाकिम के पाजामे की ही खबर प्रमुख थी। लेकिन इस बार खबर का सुर जरा बदला हुआ था। अखबार ने लिखा था कि हाकिम के सिपाही अभी तक चोर को नहीं पकड़ पाए। जब हाकिम ही सुरक्षित नहीं, तो प्रजा का क्या होगा? यह भी खबर थी कि हाकिम इस बात से बहुत क्रोधित है कि अभी तक चोर नहीं पकड़े गए एवं सिपाहियों पर चोर को पकड़ने का बहुत दबाव है। खबर पढ़कर मेरी घबराहट बहुत बढ़ गई। कहीं सिपाही मेरे घर तक न पहुँच जाएँ! यह सोचकर मैं बहुत परेशान हो उठा। मैं घर के अंदर गया और पाजामे को जहाँ छुपाकर रखा

था, वहाँ से निकाल लाया। पहले सोचा कि उसे जला दूँ, फिर लगा कि जलाने से धुआँ उठेगा, कहीं इससे हाकिम के सिपाहियों को या किसी और को शक न हो जाए! बहुत सोच-विचारकर उसे अच्छे से एक कागज में लपेट लिया। मैंने तय किया कि अब चाहे जो भी हो, इस पाजामे को हाकिम को दे आऊँगा और उसे सारी वास्तविकता बता दूँगा। हाकिम इतना बड़ा आदमी है, क्या वह सच को समझेगा नहीं भला? यही सोचकर मैं घर से चला।

अभी कुछ दूर ही गया था कि देखा हाकिम के सिपाही रास्ते में एक आदमी को पकड़कर लगभग घसीटते हुए ले जा रहे हैं, पता चला कि पाजामे का चोर मिल गया है, इसी के पास से हाकिम का पाजामा बरामद हुआ है।

मैंने अपने हाथ में लिये पैकेट की ओर देखा। पाजामा वहाँ सही सलामत था। 'जब पाजामा मेरे हाथ में है, तो फिर इसके पास से कौन सा पाजामा बरामद हुआ?' मैं सोच में पड़ गया।

अधिकारियों के द्वारा अखबारवालों को रिपोर्ट दे दी गई कि चोर पकड़ा गया और हाकिम का पाजामा भी बरामद हो गया। अब चोर को फाँसी दे दी जाएगी।

मैं दौड़ा-दौड़ा अधिकारी के पास गया और उसे बताया कि हाकिम साहब का पाजामा तो यह है, मेरे हाथों में, फिर आपने क्या बरामद किया? मैंने उसे पाजामा मिलने की पूरी कहानी सुना दी। अधिकारी ने पाजामे को देखा, उसकी आँखें चौड़ी हो गईं। लेकिन उसने मेरी बात सुनने में कोई रुचि नहीं दिखाई। उसने कहा, पाजामा तो बदला जा सकता है, पर अब चोर नहीं बदला जा सकता है। उसने सिपाहियों को आदेश दिया कि इसके हाथ से पैकेट छिन लो और इसे मारकर दूर भागा दो। सिपाहियों ने वैसा ही किया।

मैं बुरी तरह घायल हालत में सबको बताने की चेष्टा कर रहा था कि

सिपाहियों ने जिसे पकड़ लिया है, वह चोर नहीं है, उसके पास से हाकिम का पाजामा बरामद नहीं हुआ है। लेकिन किसी को यह सुनने में रुचि नहीं थी। सब चोर की फाँसी का तमाशा देखने जा रहे थे। शीघ्र ही वहाँ मेले सा दृश्य उत्पन्न हो गया। कुछ ठेले-खोमचेवाले भी वहाँ पहुँचकर अपनी दुकानें लगा लिये। चारों तरफ उत्सव सा माहौल हो गया। मेरा पड़ोसी भी तमाशा देखने पहुँचा। मैंने उसे पास बुलाया और उसे बताया कि यह व्यक्ति, जिसे फाँसी दी जा रही है, उसके पास कोई पाजामा बरामद नहीं हुआ है, वह चोर नहीं है। वह निर्दोष है। मैंने उसे पाजामा मिलने की सारी कहानी सुनाई।

मुझे यह देखकर बहुत खुशी हुई कि मेरे पड़ोसी ने मेरी बात गौर से सुनी। आज मुझे वह एक अच्छा आदमी लगा था। 'मैं खमख्वाह ही इससे चिढ़ता था', मैंने सोचा।

फिर उसने मुझे देखा और धीमे से मुस्कराया। उसने मेरे कान के पास आकर कहा—

"मैं जानता हूँ, वह चोर नहीं है। पर तुम भाग्यशाली हो, जो बच गए। उस पाजामे को दरअसल मैंने ही चुराया था।"

यह कहकर मेरा पड़ोसी वहाँ से चला गया। मुझे काटो तो खून नहीं! मैं हतप्रभ सा उसे जाते हुए देखता रहा।

संध्या समय शोर का एक गुबार उठा। लोग खुश होकर तालियाँ बजा रहे थे। पकड़े गए आदमी को फाँसी दे दी गई थी।

उस दिन मेले में खूब बिक्री हुई। वहाँ से लौटती हुई भीड़ हाकिम का गुणगान कर रही थी कि न्याय हो तो ऐसा हो!

□

# 5

# बकरा मंडी

जुम्मन अंसारी के बरामदे में पड़े करघे की खटखट वर्षों पूर्व ही बंद हो गई थी, लेकिन करघे की लय से उत्पन्न संगीत जुम्मन की रगों में बसा था। उसे लगता था कि उसका और उसके करघे का रिश्ता बाप-बेटे का था एवं बिना करघे के उसकी अपनी पहचान खत्म हो जाएगी। वह उसे छूता तो उसकी धड़कनों को महसूस करता था। उसे देखता तो अपने पुरखों के साथ अपने संबंधों की गर्माहट अनुभव कर पाता था।

जुम्मन खानदानी बुनकर था, उसके बाप-दादा कपड़ा बुनने का काम करते थे। पर धीरे-धीरे समय बदलता चला गया। हाथों के बने कपड़ों में जब इतना फायदा नहीं रह गया कि उससे रोजी-रोटी चल सके, तो गाँव के अन्य बुनकरों की तरह जुम्मन ने भी धीरे-धीरे कपड़ा बुनने का काम छोड़ दिया। जब कपड़ा बुनने का काम बंद हुआ, तो गाँव के अन्य लोगों ने तो अपने करघों को घर से हटा दिया था, लेकिन जुम्मन अपने करघे को कभी अपने से अलग नहीं कर पाया। उसके घर के बाहरी बरामदे में एक किनारे पर करघा पड़ा रहता था। जिधर करघा पड़ा था, उधर ही जुम्मन की चारपाई थी, जिस पर वह सोता था।

बुनकर का काम छोड़ने के बाद जुम्मन ने कई काम करने की कोशिश की, लेकिन किसी काम में जब उसका मन नहीं लगा, तो वह बकरियाँ पालने लगा। जुम्मन की बकरियाँ यूँ तो ओसारे के दूसरे किनारे

पर बँधी रहती थीं, पर जुम्मन का बकरा सुल्तान उसकी चारपाई के पास करघे की एक टाँग से बँधा रहता था। यह सारी कहानी जुम्मन के उसी बकरे सुल्तान से जुड़ी है।

जुम्मन के वैसे तो कई बकरियाँ व बकरे थे, जिसे वह समय-समय पर बेचता रहता था और उसी से उसे दो पैसे की आमदनी होती थी, पर जुम्मन ने सुल्तान को बेचने की कभी नहीं सोची। धीरे-धीरे सुल्तान बड़ा होता चला गया। उसके सुनहरे रंग, रेशमी बाल एवं तीखे सींगों पर जुम्मन फिदा रहता। उसे जब भी मौका मिलता, उसके माथे पर हाथ फेरता, उसके प्रति प्यार जताता। सब कहते थे कि जुम्मन सुल्तान को अपने बेटे से भी ज्यादा प्यार करता है।

सुल्तान का रुतबा ऐसा कि वह गली के कुत्तों एवं गाय-बैलों को खदेड़ देता था। छोटे बच्चे जुम्मन की गली में घुसने की हिम्मत नहीं करते थे। जुम्मन के दरवाजे पर बँधा सुल्तान उसके घर का पहरेदार भी था। सुल्तान को बेचने की बात पर जुम्मन मियाँ सख्त नाराज हो जाते थे, कहते 'कोई अपने बच्चे को बेचता है क्या?'

सुल्तान के बढ़ते कद व वजन की चर्चा आसपास के गाँवों में भी होने लगी थी। एक बार पड़ोस के गाँव का रमजान कुरैशी आकर चालीस हजार दाम लगा गया, लेकिन जुम्मन टस-से-मस नहीं हुए।

सुल्तान पर जुम्मन के बेटों की भी नजर थी। उन्हें लगता था कि अगर सुल्तान बिक जाए, तो उससे मिलने वाले पैसों में कुछ उनका भी हिस्सा हो जाएगा। इसलिए गाहे-बेगाहे वे कोई-न-कोई खरीददार लाते रहते थे। पर जुम्मन ग्राहक को देखते ही बिदक जाता था।

लेकिन होनी को कुछ और ही मंजूर था। जुम्मन की बीवी जोहरा इधर काफी दिनों से बीमार रह रही थी। पैसे के अभाव में उसका कहीं समुचित इलाज नहीं हो पा रहा था। एक बार शहर ले जाकर जुम्मन ने अपनी बीवी को डॉक्टर को दिखाया, तो डॉक्टर ने बताया कि उसके पेट में रसौली है एवं

उसे ऑपरेशन की सलाह दी थी। ऑपरेशन के लिए अनुमानित खर्च तीस हजार का बताया गया था। पर तीस हजार रुपए कहाँ से आएँगे, जुम्मन के पास तो तीन हजार रुपए भी नहीं थे? बेटों ने भी लाचारी दिखाई, जो सही भी थी। उसके सभी बेटे राजमिस्त्री का काम करते थे, जिसमें इतनी कमाई नहीं थी कि रोजाना के खर्च के बाद भी कुछ बचाया जा सके। सबने जुम्मन को यह सलाह दी कि वह सुल्तान को बेच दे और उससे जो पैसे मिलें, उससे ऑपरेशन करवा दे। लेकिन जुम्मन इसके लिए तैयार नहीं हुआ।

जुम्मन की बीवी ने एक दिन दर्द से तड़पते हुए उसका हाथ पकड़कर कहा कि क्या आपको मुझसे ज्यादा उस बकरे से प्यार है?

जुम्मन के पास इसका कोई जवाब नहीं था। अपनी बीवी से ज्यादा बकरे से प्यार भला कैसे हो सकता है? वह अपनी बीवी को बचाना चाहता था, उसका इलाज कराना चाहता था, पर वह सुल्तान को बेचना भी नहीं चाहता था। वह गहरे पेशोपेश में पड़ गया।

गरीब आदमी के घर में कई छोटी-छोटी समस्याएँ होती हैं, जो पैसों के अभाव में रुकी हुई रहती हैं एवं भविष्य में होने वाली किसी आमदनी की आशा से जुड़ी रहती है।

जुम्मन की छोटी बेटी रुकैया, जिसका निकाह दो साल पहले ही कराया गया था, उसके ससुरालवाले भी लगातार दहेज की माँग कर रहे थे। दरअसल रुकैया का निकाह जुम्मन ने अपने मोहनपुरवाले बड़े साढ़ू के बेटे से ही किया था। यूँ तो वे लोग अपने रिश्तेदार ही थे, पर दहेज रिश्तों की मर्यादा को कब मानता है? दहेज लोभ का ऐसा रूप है, जो इनसान के भीतर से इनसानियत नाम की संवेदना को तार-तार कर देता है। निकाह के वक्त भी दहेज की माँग की गई थी, कुछ पैसे तो जुम्मन ने दहेज के नाम पर दिए थे, बाकी पैसे बाद में देने का वादा किया था। लेकिन बाद में न तो जुम्मन के पास कभी पैसे हुए और न उसने कभी दिए। रुकैया के आदमी को दुकान खोलनी थी, जिसके लिए पूँजी की जरूरत थी, जिसके लिए

रुकैया पर दबाव था कि वह अपने बाप से दहेज के बाकी पैसे माँगकर लाए। पिछली बार जब रुकैया मायके आई थी, उसने बहुत रो-रो करके यह बात अपने वालिद को बताई थी। लेकिन जुम्मन के हाथ तो खुद ही तंग रहते थे, वह कहाँ से पैसे देता? इसलिए बात आई-गई हो गई थी।

इधर कुछ दिनो पहले जुम्मन का बड़ा बेटा इसराफुल जब मोहनपुर जाकर आया था, तो उसने बताया कि रुकैया के ससुरालवाले रुकैया को पैसे के लिए बहुत तंग कर रहे है। आजकल दहेज के लिए हो रही हत्याओं की खबरे अखबार में पढ़कर जुम्मन का दिल दहल जाता था। वह सोचता, क्या पता रुकैया के ससुराल वाले दहेज के लिए कहीं उसकी हत्या ही न कर दें?

जुम्मन की बीवी के पेट का दर्द जब नियमित अंतराल पर होने लगा और ऑपरेशन कराना जरूरी हो गया, तो जुम्मन ने मन मसोसकर यह तय किया कि अब वह सुल्तान को बेच देगा एवं बेचकर जो पैसे मिलेंगे, उससे ऑपरेशन कराया जाएगा। उसने सोचा कि जब सुल्तान को बेच ही रहे हैं, तो उसे बेचकर जो पैसे मिलेंगे, उससे अपनी बीवी का ऑपरेशन कराने के बाद बचे पैसों से रुकैया के ससुरालवालों की माँग भी पूरी कर देगा।

जब सुल्तान के बिकने की बात शुरू हुई तो जुम्मन की बहुओं में भी खुसुर-पुसुर शुरू हो गई। उन्होंने कहना शुरू किया कि उन्हें भी पैसों की जरूरत है एवं सुल्तान को बेचकर जो पैसा मिलता है, उसमें से उन्हें भी कुछ दिया जाए। किसी ने अपने बच्चों की स्कूल ड्रेस खरीदने का बहाना किया, तो किसी ने किताबें खरीदने की। बेटे तो पहले से ही हिस्सा माँगने की तय किए हुए थे।

जुम्मन खुद कई सालों से पुराने कपड़ों से गुजारा कर रहा था। इस बार उसने सोचा कि ईद पर अपने लिए एक अदद कुर्ता-पायजामा बनवाएगा। इस तरह से एक सुल्तान के साथ जितने लोग, उतनी हसरतें जुड़ी थीं।

जब से सुल्तान के बेचने की बात हुई, तब से जुम्मन के आँखों की नींद उड़ी गई थी। वह रातों को चौककर उठ जाता। ऐसा लगता मानो जुम्मन कई महीनों से बीमार है। रात में वह छुप-छुपकर रो भी लेता। सुल्तान को भी शायद अब अहसास हो गया था कि इस घर में उसके दिन गिनती के रह गए हैं, वह चुपचाप जुम्मन को निहारता रहता। उसने खाना-पीना भी कम कर दिया था। घर में किसी और को इस बात का अहसास नहीं था, परंतु जुम्मन उसकी उदासी और आँखों में आँसू को साफ-साफ पढ़ सकता था।

बकरीद आने ही वाली थी, जुम्मन ने तय किया कि बकरीद के मौके पर शहर के जामा मसजिद के पास लगने वाली बकरा मंडी में जाकर सुल्तान को बेचेगा, जहाँ उसकी अच्छी कीमत मिलेगी।

शहर की बकरा मंडी का नजारा अनोखा था। वहाँ की जामा मसजिद के सामने एक बड़ा सा मैदान था, जो दरअसल ईदगाह थी, उसी मैदान में बकरीद के मौके पर बकरों की मंडी सजती थी। इस मैदान पर स्थानीय कुरैशियों का कब्जा था। उन्होंने बाँस बल्ली से घेरकर छोटे-छोटे बाड़े बना रखे थे। सबके अपने-अपने बाड़े थे। बकरा बेचने के लिए बाहर से आनेवाले लोगों को खुद से बकरा बेचने के लिए कोई जगह नहीं थी। उन्हें उन्हीं बाड़ों में से किसी एक बाड़े में अपने बकरे रखने होते थे एवं बकरों के बिक जाने पर बाड़े के मालिक को एक निश्चित प्रतिशत कमीशन के रूप में देना होता था। जुम्मन पहले भी उस बकरा मंडी में अपने बकरों को बेचने के लिए आता रहा था। वहाँ उसने अपने पुराने परिचित व दोस्त अल्लाउद्दीन कुरैशी के बाड़े में सुल्तान को रख दिया। बकरा के बिक जाने पर बीस प्रतिशत का कमीशन तय हुआ।

बकरा मंडी में बहुत गहमा-गहमी थी। दूर-दूर से बकरे बेचने आए लोग जल्दी -से-जल्दी अपना बकरा बेचकर घर वापस चले जाना चाहते थे। खरीददारों एवं बेचनेवालों में मोल-भाव हो रहा था। बाड़े के मालिक

कुरसी लगाकर एक किनारे बैठे हुए बिक्री पर नजरें जमाए हुए थे। वे इस बात पर खास ध्यान देते थे कि भुगतान उनके सामने ही हो, ताकि कोई ज्यादा में बेचकर कम दाम नहीं बता दे।

मंडी में एक-से-एक बकरे आए हुए थे। अलग-अलग इलाकों से, अलग- अलग रंगों के बकरे। सबके मालिकों ने उन्हें अच्छे से सजाया हुआ था। फुदना, रिब्बन एवं रंगीन रस्सियों से उनका श्रृंगार किया गया था। पर सुल्तान का कद वहाँ सबका ध्यान खींच रहा था। सुल्तान जब गरदन उठाकर खड़ा होता तो, अच्छे-खासे जवान आदमी की छाती तक पहुँच जाता था। पहले दिन से ही सुल्तान की चर्चा पूरी बकरा मंडी में होने लगी। वहाँ आनेवाले सारे खरीददार एक बार आकर सुल्तान को जरूर देख जाते।

बकरीद आने में अभी एक सप्ताह का वक्त था। सुल्तान की कीमत बाजार में 50 हजार रुपए लगाई गई, पर जुम्मन जानता था कि जैसे-जैसे बकरीद का दिन करीब आएगा, ज्यादा दाम मिलेगा। आखिर वह बकरा नहीं, हीरा बेचने आया है। एक-दो ग्राहक ने पचपन हजार तक का दाम लगाया, पर जुम्मन सत्तर हजार से कम नहीं लेने पर अड़ा हुआ था।

एक बात और थी, जिसके कारण जुम्मन सुल्तान को बेचने में देरी कर रहा था। जुम्मन को लगता था कि इस तरह से वह कुछ और दिन सुल्तान को अपनी आँखों के सामने देख सकता है। आखिरकार सुल्तान को दूसरे के पास तो चले ही जाना है। वह घास व पत्तियाँ खरीदकर लाता व अपने हाथों से खूब मन से सुल्तान को खिलाता।

बाड़े का मालिक उसकी इस जिद से परेशान था। बाजार अपने शबाब पर था। बाड़े में जगह सीमित थी। एक बकरा जाएगा, तो दूसरा बकरा बाड़े में घुसेगा। जितने ज्यादा बकरे बिकेंगे, उतना ही ज्यादा कमीशन मिलेगा। बाड़े का मालिक चाहता था कि जुम्मन जल्दी से अपना बकरा बेचकर जाए और जगह खाली करे, लेकिन वह उसका पुराना परिचित व दोस्त था, इसलिए खुलकर कुछ कह नहीं पा रहा था। जुम्मन पहले भी इस मंडी

में आकर बकरे बेचता रहा है। पर वह हमेशा जल्दी में रहता था एवं जिस दिन आता था, उसी दिन उन्नीस-बीस करके माल समेटकर घर वापस चला जाता था।

दिन एक-एक करके बीतते गए। आखिरकार बकरीद में सिर्फ दो दिन बचे रह गए। अब तो सुल्तान को हटाना ही होगा। एक दिन के बाद मैदान खाली करा दिया जाएगा। बाड़े समेट लिये जाएँगे। माहौल में त्योहार की खुशबू तारी होने लगी थी। इसी बीच सुल्तान के कद-काठी की चर्चा पूरे शहर में हो गई थी।

बाजार में आज सुबह से ही भीड़ बढ़ गई थी। जिन्होने अभी तक कुरबानी के लिए बकरे की खरीद नहीं की थी, वे जल्दी से अब अपनी खरीदादारी करके दूसरे काम निबटाना चाहते थे। मैदान के आसपास मेलेवाले भी अब अपने तंबू कनात डालने लगे थे। चारो तरफ खूब गहमा-गहमी थी।

जुम्मन रात भर सो नहीं पाया था। तराजू के एक पलड़े में बीमार बीवी, बेटी रूकैया के आँसू, पोते-पोतियों के लिए किताबें और ड्रेस की जरूरत, खुद के लिए एक अदद कुर्ता-पायजामा और दूसरे पलड़े में सुल्तान और बीच में तराजू को पकड़े जुम्मन के काँपते हाथ! एक बेजुबान जानवर के आगे परिवार वालों की जरूरतें भारी पड़ रही थीं। एक निरीह जानवर के कंधे पर कितनी आकांक्षाओं का बोझ था?

दोपहर का वक्त आ गया था। आज सुल्तान की बोली साठ हजार तक पहुँच गई थी। मिलने वाले दाम के लिए जुम्मन खुश भी था और सुल्तान की जुदाई को लेकर दुःखी भी। जुम्मन ने सुबह से कुछ नहीं खाया था। उसने सोचा कि झटपट जाकर कुछ खा आया जाए। सुल्तान के लिए भी उसने सोचा कि कुछ ताजी पत्तियाँ व घास ले आए। थोड़ी ही दूर पर 'सिराज मुस्लिम होटल' था। कई सालों से जुम्मन जब भी वहाँ आता था, तो वहीं खाता था। खाना खाकर वह घास व पातियाँ लाने चला

गया। आस-पास कहीं पत्तियाँ नहीं मिलीं, तो उसे दूर जाना पड़ गया। वह सुल्तान को भूखे पेट कैसे विदा कर सकता था? उसे भरपेट खिलाकर ही विदा करेगा।

थोड़ी देर के बाद जब जुम्मन पत्तियाँ लेकर लौटा, तो उसने पाया कि सुल्तान वहाँ नहीं है। उसने इधर-उधर नजर दौड़ाई, पर सुल्तान का कहीं नामोनिशान नहीं था। इतना बड़ा बकरा कहाँ चला गया? उसका दिल धक से बैठ गया। उसने देखा बाड़े में अल्लाउद्दीन भाई भी नहीं हैं। हैरान, परेशान जुम्मन पागलों की भाँति इधर-उधर सुल्तान को ढूँढ़ने लगा। अल्लाउद्दीन भाई उसे सामने के बाड़े में दिख गए। उसने उनसे सुल्तान के बारे में पूछा, तो उसने बताया कि वह तो बस थोड़ी देर के लिए पान खाने के लिए निकला था और अब वापस लौट रहा था। काफी खोजबीन के बाबजूद सुल्तान का कहीं पता नहीं चला। जुम्मन का दिल बैठ गया। उसकी आँखों के आगे अँधेरा छाने लगा था। उसे कुछ समझ नहीं आ रहा था कि वह क्या करे? वह वहीं बैठकर बहुत देर रोता रहा।

शाम होते-होते मैदान को खाली करानेवाले आ गए। बाड़े उखाड़े जा रहे थे। लोग हँसी-खुशी अपने घर जा रहे थे। त्योहार की खुशियाँ चारो तरफ हवाओं में फैल रही थीं। जुम्मन के चारों ओर रोशनी थी, लेकिन वह खुद किसी अँधेरे कुएँ में फँसा था।

सबने जुम्मन को सलाह दी कि वह थाने में जाकर रपट लिखा दे। पर वह अब इन लफड़ों में नहीं पड़ना चाहता था।

उदास व थका हुआ जुम्मन डगमगाते कदमों से अपने घर लौट रहा था। कई आशाएँ एक साथ उसकी राह निहार रही थीं, जो एक साथ टूटने वाली थीं। टूटने वाली उम्मीदों के किरचे उसके कलेजे में धँसे जा रहे थे। कभी-कभी रास्ते में खेतों के बीच से सुल्तान उसे दौड़ता हुआ आता दिखाई देता, लेकिन पल-भर में यह मृगमरीचिका साबित होती।

गाँव अब आने ही वाला था। उसके पैर अब मन भर के होने लगे थे।

एक-एक डग उठाना मुश्किल हो रहा था। तभी उसका बचपन का मित्र लक्ष्मण महतो दौड़ता, हाँफता हुआ आता दिखाई दिया।

"क्या हुआ लक्ष्मण ?" जुम्मन ने घबराकर पूछा।

"जुम्मन भाई, जोहरा भाभी की तबीयत बहुत खराब हो गई है। तुम जल्दी से घर चलो।" उसने घबराते हुए कहा।

"उसे डॉक्टर के पास लेकर जल्दी-से-जल्दी चलना होगा। सही समय पर तुमने सुल्तान को बेच दिया। आज उसकी वजह से ही भाभी की जिंदगी बचेगी।"

इतना सुनते ही जुम्मन लड़खड़ाकर वहीं गिर गया। उसके मुँह से बोल नहीं फूट रहे थे।

"क्या हुआ, क···क···क्या हुआ जुम्मन भाई ? तबीयत तो ठीक है ?"

"लक्ष्मण भाई सुल्तान···सुल्तान··· !"

"क्या हुआ सुल्तान को ? पैसे तो सुरक्षित हैं न ? तुम्हारे पैसे किसी ने छीन तो नहीं लिए ?"

लक्ष्मण ने प्रश्नों की बौछार करते हुए कहा।

"नहीं लक्ष्मण किसी ने नहीं छीने। मेरी किस्मत ही रूठ गई। सुल्तान चोरी हो गया रे··· !" जुम्मन ने छाती पीटते हुए कहा। "अब क्या होगा रे लक्ष्मण ? अब तेरी भाभी का इलाज कैसे होगा रे ?"

लक्ष्मण महतो थोड़ी देर के लिए चुप रहा। फिर उसने आश्वस्त होते हुए जुम्मन को दिलासा दिया "सब होगा जुम्मन भाई, सब होगा, तुम चिंता मत करो। भाभी के ऑपरेशन के पैसे मैं दूँगा।"

"तुम दोगे ? तुम कहाँ से दोगे रे भाई ? तुम्हारी हालत मुझसे छिपी है क्या ?" जुम्मन ने लक्ष्मण की ओर देखते हुए कहा।

"अभी तुम ये सब मत सोचो जुम्मन। अभी मैंने हाल ही में अनाज बेचा है। मेरे पास जितने हैं, मैं लेकर आता हूँ बाकी का फिर बाद में देखेंगे।

तुम घर चलो, मैं अभी पैसे लेकर आता हूँ।"

जुम्मन भागता हुआ घर पहुँचा। उसने देखा, घर के बरामदे में ही उसकी बीवी बेसुध पड़ी थी। साँसे धीमी चल रही थीं। मौत का साया डोल रहा था।

जुम्मन यह देखकर हैरान रह गया कि सुल्तान जोहरा के पास खड़ा है। उसका बेटा अशराफुल सुल्तान को उसके गले में पड़ी रस्सी के सहारे खींचकर दूर ले जाने की कोशिश कर रहा था, लेकिन सुल्तान अपनी पूरी ताकत लगाकर वहीं अड़ा था।

"अब्बू इसे देखिए, ये शहर की मंडी से भागकर यहाँ आ पहुँचा है! बड़ा ही शैतान बकरा है। रमजान कुरैशी को बुलवा लिया है। अभी आता ही होगा।"

जुम्मन की आँखों में आँसू थे।

□

# 6

# पागलखाना

एक लंबे समय के बाद विभोर राँची आया था। यूँ तो उसने अपनी जिंदगी की शुरुआत यहीं से की थी, लेकिन बाद में जब राँची छोड़कर दिल्ली जा बसा, तो राँची आने के बहुत कम ही मौके मिले थे। वह दिल्ली का ही होकर रह गया था। फिर भी राँची उसके दिल में बसा था और उसकी स्मृतियों में कहीं गहरे धँसी थी, राँची से सटे कांके की यादें! यद्यपि राँची में उसका पैतृक आवास नहीं था और न ही राँची में उसका कोई सगा-संबंधी ही रहता था, फिर भी राँची उसे हमेशा अपने शहर की तरह लगता था। लेकिन राँची छोड़ने के बाद हुआ ऐसा कि जब कभी भी वह राँची आया, तो इतना कम समय रहा कि कहीं आने-जाने का कोई मौका ही नहीं मिला। अपना काम खत्म करके सीधे दिल्ली वापस। लेकिन इस बार उसके पास कुछ समय बचा था। उसके जाननेवालों ने प्रस्ताव रखा कि पतरातू घाटी घूम आया जाए!

आजकल पतरातू घाटी पर्यटकों के आकर्षण का केंद्र बनी हुई है। उसकी सर्पाकार सड़कें और सुरम्य वादियाँ लोगों को बरबस अपनी ओर खींचती हैं।

राँची से उसी पतरातू घाटी की तरफ जाने पर रास्ते में आता है कांके। कांके पहले अपने पागलखाना के लिए प्रसिद्ध था। कांके की इतनी प्रसिद्धि थी कि किसी को अगर पागल कहना हो, तो पागल न

कहके आप कह सकते थे कि वह "कांके रिटर्न है" और आपकी बात सभी लोग समझ जाते।

कांके के इसी पागलखाने से विभोर की कुछ स्मृतियाँ जुड़ी थीं। आज पतरातू जाने की बात चली तो विभोर की स्मृतियों पर जमी वक्त की परतें साफ हो आई थी।

पागलखाने का मुख्य द्वार कुछ ऊँचाई पर था, जिसके सामने चबूतरानुमा बड़ी सी खुली जगह थी और उसके बाद थी बाहर की ओर खुलती हुईं विस्तृत सीढ़ियाँ। मुख्य द्वार के दोनों तरफ गुलमोहर के घने पेड़ थे, जिसकी छाया उसके सामने पड़ती थी। खुली जगह के दोनों तरफ छोटा सा घेरा बना हुआ था।

सबसे पहले उसे विभोर ने उसी घेरे पर बैठे हुए देखा था। वह एक जवान औरत थी, कोई पैंतीस के आसपास की। वह घेरे पर शांत भाव से बैठी हुई गुलमोहर के फूलों को एकटक देखे जा रही थी। उसने नीले रंग की गाउन पहन रखी थी, जो आरोग्यशाला में भरती मरीजों की यूनिफॉर्म थी।

उसकी यूनिफॉर्म को देखकर विभोर के मन में खयाल आया—'ये पागल मरीज यहाँ बाहर कैसे बैठी है?'

तभी उसने विभोर की ओर देखते हुए कहा "ऐ···एक छोटा पैकेट ब्रेड मिलेगा क्या?"

पहले तो विभोर अकचकाया, पर फिर उसने बिना आगे कुछ पूछे ब्रेड का एक पैकेट उसकी ओर बढ़ा दिया। उसने पैकेट लिया और वहीं बैठकर खाने लगी।

'रोटी की जरूरत दुनिया में सबको है।' विभोर ने उस औरत को देखकर सोचा। वह भी तो रोटी की तलाश में ही अपने गाँव और अपने माता-पिता से दूर आया है। महाविद्यालय की परीक्षा पास करने के बाद अपने अन्य मित्रों की तरह वह सरकारी नौकरी के फेर में नहीं पड़ा था।

विभोर रोजगार की तलाश में राँची आ गया था और उसे यहाँ एक अच्छा काम भी मिल गया था, जिससे ठीक-ठाक आय होने लगी थी। विभोर ने कांके के उसी पागलखाने में दूध और ब्रेड की आपूर्ति का काम शुरू किया था। सैकड़ों एकड़ में फैले इस पागलखाने में हजारों की संख्या में मानसिक व्याधि से पीड़ित मरीज भरती थे, जिनके खाने से लेकर अन्य कई जरूरत की चीजें वहाँ सप्लाई की जाती थीं। विभोर की तरह वहाँ कई सप्लायर्स थे।

उसके बाद वह विभोर को अकसर वहाँ बैठी दिख जाती। जब विभोर को देखती तो मुस्करा देती, लेकिन उसने कभी फिर से ब्रेड नहीं माँगा। एक-दो बार विभोर ने उसे अपनी ओर से ब्रेड देने की पेशकश भी की, लेकिन उसने मना कर दिया। वह चुपचाप बैठी या तो आसमान को निहारती रहती या गुलमोहर के पेड़ों को देखती रहती।

एक बार विभोर उसके लिए ब्रेड के साथ बटर का एक छोटा पैकेट ले गया। उसने खुशी-खुशी लिया और वहीं बैठकर खाने लगी।

वह कभी-कभी वहीं चबूतरे पर झाड़ू लगाती दिख जाती थी। उसकी यूनिफॉर्म से तो लगता था कि वह मानसिक आरोग्यशाला की मरीज ही है, पर उसे देखकर ऐसा प्रतीत नहीं होता था कि वह पागल है। वह सामान्य स्वस्थ महिला सी दिखती थी।

पागलखाना के उस हिस्से में, जिधर मानसिक रोगी रहा करते थे, विभोर के जैसे बाहरी लोगों को जाने की अनुमति नहीं थी। विभोर स्टोर तक जाया करता था, जिससे सटा एक गेट था, जो जनाना पागलखाने के भीतर की ओर खुलता था। जहाँ से जनाना पागलखाना का कुछ हिस्सा दिखाई देता था। पागलखाने के भीतर का दृश्य बहुत ही बेचैन कर देने वाला होता था। किसी दूसरी ही दुनिया में खोए हुए, अपने आप से बतियाते हुए, बिखरे केश, अजीब सी भाव-भंगिमा, कभी हँसते, कभी चीखते-चिल्लाते लोग। यह दृश्य किसी भी संवेदनशील आदमी

को बेचैन कर सकता था। हालाँकि विभोर ने महसूस किया था कि वहाँ काम करनेवाले कर्मचारी इन बातों के प्रति असंवेदनशील थे। यह शायद उनकी जरूरत भी थी, क्योंकि वहाँ की स्थिति के प्रति संवेदनशील होकर वहाँ रहना बहुत ही मुश्किल कार्य था।

कोई दो-तीन सप्ताह के पश्चात् जब एक बार विभोर सामान की डिलीवरी देकर लौट रहा था, तो वह पुनः वहीं बैठी मिली। उसने उसे देखा और अपने पास बुलाया। विभोर वहाँ गया, तो उसने अपने पास बैठने के लिए कहा। विभोर ने पहली बार उसे करीब से देखा था। वह साँवले रंग की खूबसूरत सी महिला थी।

"तुम्हारी शादी हो गई?" उसने पूछा।

नहीं··· अभी तो नहीं हुई है, क्यों?"

"नहीं यूँ ही···" उसने कहा।

तुम अच्छे इनसान हो। भगवान् तुमको अच्छा जीवन साथी देगा।

"अच्छा···!" विभोर उसकी बात सुनकर मुस्करा उठा।

"तुम्हारी शादी हो गई?" विभोर ने उससे पूछा।

"हाँ भी और नहीं भी" उसने कहा।

"ऐसा कैसे हाँ भी और नहीं भी?"

"हाँ ऐसा ही है। शादी तो हुई थी, लेकिन पति ने छोड़ दिया, तो अब शादी-शुदा नहीं हूँ।" उसके चेहरे पर दर्द उभर आया था।

तुम मरीज की तरह तो दिखती नहीं हो? विभोर ने उससे पूछा।

"मैं मरीज ही हूँ पर पागल नहीं।" उसने कहा।

"फिर यहाँ बाहर कैसे बैठी रहती हो?" विभोर ने पूछा।

"सलीम की वजह से। उसने मुझे बाहर की साफ-सफाई का काम दिलवा दिया है। जो मरीज ठीक हो जाते हैं, उनसे कुछ-न-कुछ काम

करवाया जाता है। मैंने बहुत आरजू-मिन्नत करके बाहर सफाई का काम लिया है।"

उसने कोने में रखी एक झाड़ू की तरफ इशारा कर दिया।

लेकिन बीच में तुम दिखी नहीं काफी दिनों तक।

"वो···हा हा हा···" वह ठठाकर हँस दी।

मैं भाग गई थी। पर देखो, यहाँ तो लोग पागलों का भी बलात्कार करना चाहते हैं। उसके चेहरे पर पीड़ा के चिह्न उभर आए।

भागने के बाद जब शाम हो गई, तो मुझे समझ में नहीं आया कि कहाँ जाऊँ। एक जगह मैं अँधेरे में छुपकर बैठी थी। वहाँ कुछ लोगों की नजर मुझपर पड़ गई। उन्हें समझ आ गया कि मैं पागलखाने से भागी हुई हूँ, क्योंकि मैंने यहाँ का ड्रेस पहना हुआ था। वे लोग मुझसे जबरदस्ती करने लगे। मैंने बहुत प्रतिरोध किया, बहुत शोर मचाया, लेकिन रात के सुनसान में मेरी पुकार कौन सुनता? वो तो भला हो सलीम का, जो अपनी साइकिल से उधर से ही अपनी ड्यूटि खत्म करके अपने घर जा रहा था।

"कभी-कभी तो मुझे लगता है कि जो पागल अंदर बंद हैं, उनसे बड़े पागल बाहर खुले में घूम रहे हैं, जो कि हिंसक और समाज के लिए खतरा भी हैं। यह समाज औरतों के लिए आज भी बर्बर है।"

वह बताती रही—

"अंदर मुझे बहुत बेचैनी होती है। लगता है किसी ने कैद करके रखा है। मेरी साँस रुक जाएगी। यहाँ आकर बैठती हूँ, तो अच्छा लगता है। लगता है, मैं भी इस दुनिया का हिस्सा हूँ। पता नहीं कब तक मुझे यहीं सड़ते रहना है?"

"लेकिन मैं अब नहीं भागूँगी। भागकर जाऊँगी भी कहाँ?"

वह एकालाप करने लगी थी, जैसे वहाँ विभोर का कोई अस्तित्व ही नहीं था।

"क्यों घर नहीं है तुम्हारा?" विभोर ने पूछा।

विभोर के प्रश्न से उसे पुनः उसके वहाँ होने का बोध हुआ।

पहले था, अब कोई घर नहीं है।

"यहाँ कैसे आ गई?"

इस पर वह चुप रही। काफी देर की चुप्पी के बाद धीरे से बोली— "पागल थी इसीलिए···" कहते हुए दूर आसमान में निहारने लगी। मानो उसका कुछ खो गया हो, जिसे वह आसमान में ढूँढ़ने का प्रयत्न कर रही हो! बहुत देर तक वह ऊपर देखती रही।

"लेकिन अब तो तुम ठीक हो गई, अब क्यों नहीं जाती?"

कहाँ जाऊँ? वैसे भी जब तक कोई लेने न आए, अस्पतालवाले किसी को छोड़ते ही नहीं, यही नियम है यहाँ का। यहाँ तो कई ऐसे मरीज हैं, जो बिल्कुल ठीक हो गए हैं, घर जाना चाहते हैं, पर उन्हें कोई ले जानेवाला नहीं है। इसलिए अस्पताल उन्हें जाने नहीं देता है। वे यहीं रहकर कुछ काम करती हैं और दुःख में घुलती रहती हैं। उनके जीवन में आगे का रास्ता बंद हो गया है। उनके सामने सिर्फ अँधेरा है, जो गहन से गहनतर होता जाता है।

"जानते हो बाबू, जो सचमुच पागल हैं, उन्हें तो अपनी स्थिति का अहसास नहीं है, लेकिन जो पागल नहीं है या जो ठीक हो गए हैं, उनकी पीड़ा पर्वत सी है। उनकी रुलाई और चीखें सुनकर आत्मा काँप उठती हैं, वे घर जाना चाहती हैं। कोई अपने परिवार से, तो कोई अपने बच्चों से मिलना चाहते है, लेकिन कोई उन्हें ले जाने वाला नहीं है। कई लोग तो जो पहले ठीक हो गए थे, इसी दुःख में फिर से पागल हो गए। दरअसल, पागलपन ही अब उनका इलाज है। कोई इतना दुःख कैसे सहे? कम-से-कम पागल हो जाने पर दुःख का अहसास तो खत्म हो जाता है।"

उसके चेहरे पर दर्द का अथाह सागर हिलोरे लेने लगा था, जो

धीरे-धीरे मुझे भी अपने चपेट में ले रहा था।

थोड़ी देर खामोशी कायम रही।

"तुम्हारा नाम क्या है ?" विभोर ने बात बदलने की गरज से पूछा।

"मेरा नाम···हा हा हा···" वह अचानक से विभोर के इस प्रश्न पर जोर-जोर से हँसने लगी थी। उसकी इस विद्रूप हँसी से विभोर तो थोड़ी देर के लिए घबरा गया। थोड़ी देर पहले ही वहाँ कायम एक गहरी और पीड़ादायक खामोशी धुआँ हो गई थी।

"मेरा यहाँ कोई नाम नहीं है, नंबर है। हा हा हा···

पहले मेरा नाम राधा था। हा हा हा हा···"

"था क्यों, अब क्या नाम है तुम्हारा ?" विभोर ने उससे प्रश्न किया।

अब 312 हा हा हा···।

"312 ?"

हाँ यहाँ कई वर्षों से मेरा सिर्फ एक नंबर है 312, उसी नंबर से अब जानी जाती हूँ। कोई मेरे नाम से मुझे नहीं बुलाता।

"हाँ, सलीम बुलाता है, मुझे राधा कहकर।" अचानक वह खुश हो गई, उसके चेहरे पर बच्चों से भाव उभर आए।

"मुझे उसके मुँह से राधा सुनना अच्छा लगता है।"

"तुम कहोगे मुझे राधा ?"

अब उसके चेहरे पर एक अजीब सी तसल्ली और शांति छा गई थी।

"ठीक है, मैं राधा कहूँगा।"

वह खुश हो गई।

"तुम्हारे परिवार में कोई नहीं है ?" विभोर ने जरा अधीरता दिखाई।

"इतनी जल्दी क्या है बाबू, मुझे तो अपनी आखिरी साँस तक यहीं रहना है। धीरे-धीरे सुनाऊँगी अपनी कथा, तो मेरा भी कुछ समय तुम्हारे

साथ कट जाएगा।" उसने मुस्कराते हुए बालसुलभ नटखटता से कहा।

वह कुछ देर रुकी, फिर उसने आगे कहना शुरू किया—

"मैं बीस साल की थी, जब मैं पागल हो गई थी। सचमुच की पागल नहीं, प्यार में पागल! मुझे एक आदमी से प्यार हो गया था, मैं तब बीए कर रही थी, मुझे लिखने-पढ़ने का शौक था। मैं नाटक भी किया करती थी। वह भी नाटक करता था।

"स्त्री जब प्यार में होती है, तब अपना तर्क और विवेक खो देती है। वह दरअसल अंधी हो चुकी होती है। उसे अपना भला-बुरा सोचने की शक्ति ही नहीं रह जाती है। वह तो बस अपने प्यार को पाना चाहती है और अपने प्यार पर सर्वस्व लुटा देना चाहती है। जीवन की नदी में प्यार एक ऐसा भँवर होता है, जो बाहर निकलने ही नहीं देता है। अपने अंदर डुबो लेता है। मैं भी गहरे प्यार में थी। मैंने भी उसे टूटकर चाहा था।

"मैंने अपने माँ-बाप से विरोध करके उससे शादी का निर्णय लिया था। वे बहुत दुःखी हुए थे। लेकिन मुझे उनकी तब परवाह कहाँ थी? मैं तो किसी भी तरह अपने प्यार को पाना चाहती थी।"

"मैंने बहुत दुःखी किया था, अपने माँ-बाप को। उसी की सजा शायद मुझे मिली!"

वह सुबक-सुबककर रोने लगी थी। काफी देर तक वह सुबकती रही, फिर उठकर बिना कुछ कहे अंदर चली गई।

विभोर का मन उसका रोना देखकर द्रवित हो गया था। कुछ देर विभोर वहीं बैठा उसके बारे में सोचता रहा। फिर उठकर ओ.पी.डी. की तरफ चला गया। वहाँ सुबह से ही मरीजों की तथा उन्हें लेकर आए परिवारवालों की भीड़ थी। अजीब अफरा तफरी मची थी। कई मरीजों को सिकड़ से बाँधकर रखा गया था। कुछ मरीज अजीब-अजीब हरकतें कर रहे थे, कुछ ऐसे शांत बैठे थे कि पता करना मुश्किल था कि मरीज कौन है और तीमारदार कौन? हर कोई परेशान हाल था। विभोर कुछ

देर वहाँ बैठा रहा, फिर घर चला आया।

उसके बाद कुछ दिनों तक वह नहीं दिखी।

एक दिन वह फिर दिखी। वह वैसे ही निर्विकार भाव से गुलमोहर को निहार रही थी। गुलमोहर पर बैठी एक मैना भी उसे एकटक देखे जा रही थी। मानो दोनों में पहले से परिचय हो और दोनों आपस में एक-दूसरे से सुख-दुःख बाँटते हों!

विभोर चुपचाप उसकी नजर बचाकर निकल जाना चाहता था। लेकिन उसने उसे देख लिया। उसने उसे इशारे से बुलाया—

"ऐ बाबू, क्या हुआ··· ? आगे की कहानी नहीं सुनोगे?" उसने एक गहरी मुस्कान के साथ कहा। उसने विभोर का नजर बचाकर जाना देख लिया था।

विभोर बैठ गया। वह सुनाने लगी—

"शादी के बाद मैं बहुत खुश थी। मैं अपने पति से बहुत प्यार करती थी। उसी के लिए मैं सबकुछ छोड़कर आई थी। सबकुछ बहुत अच्छा चल रहा था। मैं भी खुश थी कि मैंने जिससे प्यार किया था, वही मुझे पति रूप में मिला।

"समय बीतने लगा। पर धीरे-धीरे मैंने महसूस किया कि उसका मेरे प्रति आकर्षण कम होता जा रहा है। लेकिन शुरू में इसे मैंने अपने मन का भ्रम समझा। जब दो लोग हमेशा साथ-साथ रहते हैं, तो आपसी संबंधों के वजन का अहसास नहीं होता है।

"लेकिन शनैः-शनैः यह स्पष्ट होता गया कि हमारे आपसी संबंधों की डोर कमजोर होती जा रही थी। वह मुझसे बात-बात में चिढ़ने लगा था। मेरे हर काम में मीन-मेख निकालने लगा। उसे मेरा प्यार भी नाटक लगने लगा था।"

"शीघ्र ही इन सबका कारण भी खुलकर सामने आ गया। वह एक दूसरी औरत से प्यार करने लगा था। उसे अब मैं खूबसूरत नहीं लगती

थी। वह उस दूसरी औरत से शादी करना चाहता था।"

वह एक सुर में बताए जा रही थी। मानो वर्षों से जमा पानी बाँध तोड़कर बह निकला हो!

"इस बात ने मुझे गहरा मानसिक आघात दिया। मैंने सपने में भी इस बात की कल्पना नहीं की थी कि जिस आदमी से मैं इतना प्यार करती हूँ, वह कभी मेरे संग ऐसा धोखा करेगा! मैं सबकुछ सह सकती थी, लेकिन अपने प्यार का बँटना नहीं।

जानते हो औरत की सबसे बड़ी दुश्मन औरत ही होती है। उस औरत ने मेरे हँसते-खेलते जीवन में आग लगा दी थी। पता नहीं मेरे पति पर क्या जादू किया था कि मेरा पति मुझसे दूर होता गया!

"मैंने उसे समझाने की बहुत कोशिश की, लेकिन कोई फायदा नहीं हुआ। मेरी कोशिशों के प्रतिफल में वह हिंसक होता चला गया। मेरे साथ मार-पीट करने लगा। विश्वास का टूटना अकसर अवसाद से भर देता है। मैं अवसाद से घिरती चली गई। मैं उदास रहती थी। मुझे कुछ भी अच्छा नहीं लगने लगा।

"इन सबके बीच उस औरत के प्रति मेरे पति का आकर्षण बढ़ता चला गया। खुलेआम चर्चा होने लगी कि वह उससे शादी करना चाहता है।

"मैं अवसाद के दलदल में गहरे धँसती चली गई। मुझे कुछ समझ में नहीं आ रहा था कि मैं क्या करूँ? मैं रोती और अपने किस्मत को कोसती। कोई मुझे सँभालनेवाला नहीं था। मेरा रूप-सौंदर्य भी ग्रहण लगे चाँद की तरह घटने लगा था। समाज, परिवार का यह काम होता है कि जब कोई दुःखी हो, तो उसे सँभाला जाए। उससे प्यार से बात की जाए। डूबते व्यक्ति को तिनके का सहारा भी बड़ा होता है। लेकिन किसी को मेरी परवाह नहीं थी। मैं डूबती जा रही थी। इसी बीच मेरे पिता की मौत हो गई। जिसके कारण मैं और भी विचलित हो गई। मुझे जब सबसे ज्यादा सहारे की जरूरत थी, मेरा पति मेरी पिटाई करने लगा।

"मैं घर से भाग जाना चाहती थी। लेकिन उन लोगों ने मुझे भागने नहीं दिया। इलाज कराने के बहाने यहाँ कांके ले आए और पैसा खर्च करके इस पागलखाना में भरती कर दिया। मैं पागल नहीं थी बाबू! मुझे पागल घोषित करवा दिया। बाद में उसने दूसरी शादी कर ली।"

इतना कहकर वह हाँफने लगी थी। मानो मीलों दौड़कर आई हो। कुछ देर वह रुकी। फिर उसने कहना शुरू किया—

"घोषित पागल के साथ कौन खड़ा होता है? सबने मान लिया कि मैं पागल हूँ। सबने उसके शादी को उचित ठहराया। आखिर कोई एक पागल के साथ जीवन कैसे गुजार सकता है? कोर्ट-कचहरी भी पागलों की बात का यकीन नहीं करते हैं।"

"मैं दुःखी थी, मैं परेशान, अवसादग्रस्त थी, लेकिन पागल नहीं थी। लेकिन यहाँ आकर मैं जरूर पागल हो गई, पागलों के बीच रहकर।

"समाज किसी पागल के साथ कभी खड़ा नहीं होता। पिता की मृत्यु हो चुकी थी। माँ लाचार थी। भाई ने पहले ही सारे संबंध खत्म कर लिये थे। उसे लगता था कि परिवार के इच्छा के विरुद्ध शादी करके मैंने समाज में उसकी इज्जत पर धब्बा लगाया है।"

वह सुनाती रही, मानो आज अपनी कहानी सुनाकर वह अपने मन का बोझ हल्का करना चाहती हो!

"अस्पताल वाले तुम्हारे घर खबर नहीं करते हैं?" विभोर ने उससे सवाल किया।

"करते हैं। कभी-कभार मेरे जैसे उन सभी मरीजों के घर के पते पर चिट्ठी लिखी जाती है, जो ठीक हो गए हैं। लेकिन तुम्हें क्या लगता है, क्या होता होगा?" उसने मुझसे ही पूछा।

"मुझे क्या पता?" विभोर ने अनभिज्ञता जताते हुए कहा।

"जो लोग यहाँ गलत तरीके से मरीजों को भरती कराते हैं, वे गलत पता दे देते हैं। अगर सही पता भी दिया, तो पोस्टमैन से लिखवा देते हैं कि इस पते पर कोई नहीं रहता है।

"कुछ के पति दूसरी शादी कर लेते हैं, कुछ लोग इस डर से नहीं ले जाते हैं कि कहीं जायदाद में हिस्सा न माँग ले! कुछ लोग समाज में बदनामी के डर से नहीं ले जाते हैं।

"कुछ दिनों तक चिट्ठियाँ भेजी जाती है, फिर बंद कर दी जाती हैं और इसी के साथ उन मरीजों की किस्मत इन्हीं चारदीवारियों में बंद हो जाती है।

"लेकिन समय आदमी को हर परिस्थिति में जीना सीखा देता है। मैं भी किसी तरह यहाँ जीने लगी। इसी बीच मुझे यहाँ सलीम मिला। सलीम यहाँ मेस में काम करता है। उसने मुझे सँभाला, जीने का हौसला दिया। उसने मेरे आँसू पोंछे। अब वही मेरा एकमात्र संबल हैं।

"तो उससे शादी क्यों नहीं कर लेती हो?"

"अरे! मैंने तो उससे कहा कि मुझसे निकाह कर लो। लेकिन वह डरता है। कहता है, उसकी नौकरी चली जाएगी। वह पहले से शादीशुदा है। उसके चार बच्चे हैं। नौकरी चली जाएगी तो वह खाएगा कैसे? अपना परिवार कैसे चलाएगा?

वह कहता है, अस्पताल में यह सब करने की सख्त मनाही है।

"लेकिन खाक सख्त मनाही है। वह जोर से हँसने लगी। हा हा हा हा···सब यहाँ खुल्लम-खुल्ला यही करते रहते हैं। सलीम जब चाहता है मेरे साथ सोता है, तब मनाही नहीं होती?"

"ऑफिस का बड़ा बाबू नर्स रेशमा के साथ लटपट करता है, तब मनाही नहीं होती है? इतना बड़ा कैंपस है, ज्यादातर लोग तो यहाँ पागल हैं, उन्हें क्या पता चलता है कि क्या हो रहा है?"

"सोना तो सब मेरे साथ चाहते हैं, लेकिन मैं नहीं चाहती। अभी जिस साहब ने मुझे बाहर काम करने की अनुमति दी है, वह भी मेरे साथ सोना चाहता है। मैं क्या समझती नहीं? उसने अगर मुझे तंग किया तो पीटूँगी।" उसके चेहरे पर पहली बार इस तरह का आत्मविश्वास दिख रहा था।

"लेकिन मुझे सलीम का साथ अच्छा लगता है। वह मेरा खयाल तो रखता है।"

कहकर वह चुप हो गई, फिर चुपचाप उठी और अंदर चली गई।

विभोर उसे जाता देखता रहा।

'एक औरत हमेशा प्रेम की तलाश में रहती है। इसीलिए शायद वह अकसर प्रेम में ठगी जाती है।' विभोर ने सोचा।

उसके बाद जब वह कई दिनों तक नहीं दिखी, तो विभोर को उसकी चिंता हुई। विभोर ने किसी तरह सलीम से संपर्क किया और राधा के बारे में जानकारी चाही।

सलीम ने बताया कि "जिस साहब ने उसे बाहर काम करने की अनुमति दी थी, राधा ने उसकी पिटाई कर दी। इसलिए उसका फिर से उपचार शुरू किया गया है।"

"उपचार? लेकिन वह तो पूर्णतः ठीक थी।" विभोर ने कहा।

"लेकिन आपके कहने से क्या होता है बाबू? उसने साहब पर हाथ उठा दिया था।"

विभोर को समझने में मुश्किल नहीं हुई कि उसने साहब पर हाथ क्यों उठाया होगा?

अंदर से एक मरीज के जोर-जोर से चीखने की आवाज आ रही थी। उसे शायद दौरा पड़ा था। दो कर्मचारी उसे पकड़कर ले जा रहे थे, फिर अचानक से वह जोर-जोर से हँसने लगी थी। विभोर ने बेचैनी में अपनी आँखें मूँद लीं।

उसके बाद राधा विभोर को फिर वहाँ कभी दिखाई नहीं दी, लेकिन उसे उसकी घुटन बहुत दिनों तक महसूस होती रही। इसके बाद विभोर ने शीघ्र ही वहाँ का काम छोड़ दिया।

आज इतने सालों के बाद विभोर फिर से कांके की तरफ जा रहा है और सोच रहा है, 'क्या राधा अभी भी वहीं होगी?'

□

# 7

# बहादुर की हथेली

बाँतू चौक पर सिंहजी की चाय दुकान ऐसे लोगों का अड्डा है, जो बतकही के उस्ताद हैं। चाय की चुस्की के साथ देश की राजनीति, इतिहास, भूगोल और अर्थनीति सभी विषयों के एक्सपर्ट वहाँ समय-समय पर उपस्थित होते रहते हैं। पार्षद से लेकर प्रधानमंत्री तक और कभी-कभी तो रूस, अमेरिका और नाटो तक सबके क्रियाकलापों का हिसाब-किताब वहाँ किया जाता है। जब राजनीति में गरमी बढ़ती है, तो प्रायः सिंहजी की चाय दुकान में भी गरमी बढ़ जाती है। बहस-मुबाहिसे में लगे लोगों के टोन मध्यम से ऊँचे सुर में लगने लग जाते हैं। हालाँकि चाय बेचनेवाले सिंहजी को बुद्धत्व प्राप्त है। वे इन तमाम बातों से निरपेक्ष रहते हैं। ज्यादा-से-ज्यादा वे बस इतना ही बोलते हैं: "होऊ कोउ नृप हमें का हानि? हमरा तो चाइए बेचे के बा।" वर्ष के ज्यादातर समय में धोती को लूँगी की तरह लपेटे और गंजी को पेट पर मोड़कर चढ़ाए, वे चाय की पतियों को खौलाने में व्यस्त रहते हैं। दुकान के बाहर और भीतर चार-पाँच लकड़ी की बेचें लगी है, जिसपर लोग बैठते हैं या कुछ लोग खड़े भी रहते हैं।

इसी अड्डे पर दो अन्य प्राणी भी उठते-बैठते हैं, जो उम्र के पाँचवें दशक में जा पहुँचे हैं और दोनों बचपन के मित्र हैं। एक-दूसरे को अच्छे से समझते हैं। उपलब्धियों के हिसाब से दोनों का जीवन औसत है एवं अब

कुछ बड़ा पाने और करने की चाहत भी नहीं है। राजीव प्रसाद पत्रकार हैं और मनोहर किराने की छोटी सी दुकान चलाते हैं। वे अमूमन वहाँ होने वाली बहसबाजी से परहेज करते हैं और आपसी बातचीत में ही मशगूल रहते हैं।

"मौसम का मिजाज भी कितना अजीब हो गया है न मनोहर! सरदी पड़ती है, तो इतनी ज्यादा सरदी कि लगता है, सभी कुछ जम ही जाएगा, बरसात वैसी ही होती है, लगता ही नहीं कि कुछ बचेगा, सब बहाकर ले जाएगा। अभी देखो, मार्च का महीना है और लगता है कि मई-जून की गरमी आ गई है!" राजीव प्रसाद अपने मित्र मनोहर के साथ शाम को सिंहजी की चाय के दुकान पर चाय पीने आए थे और कह रहे थे।

यह उनका करीब रोज का ही काम था। शाम में थोड़ी देर की जब फुर्सत मिलती थी, तो दोनों वहाँ चाय पीने और गप्पें लड़ाने पहुँच जाते थे। चाय की दुकान पर आने वाले सभी करीब-करीब एक-दूसरे को जानते-पहचानते थे एवं एक-दूसरे से दुआ-सलाम भी कर ही लेते थे।

"असली गरमी तो माहौल में आ गई है भाई। जिधर देखो, उधर लोग एक-दूसरे का सर फोड़ने के लिए लाठी लेकर बैठे है।" मनोहर ने कहा।

"सो तो है, चारों तरफ नफरत की ऐसी हवा बह रही है कि क्या कहें! हर आदमी लगता है, पगलाया हुआ है। अब तो सिनेमा भी सिनेमा न होकर, "मेरा सिनेमा और तेरा सिनेमा" हो गया है। जैसे सत्य आज, 'मेरा सत्य और तेरा सत्य' हो गया है।" राजीव प्रसाद ने चिंतित स्वर में कहा।

"लेकिन तुमको क्या लगता है, ऐसा क्यों हुआ, इसके लिए जिम्मेदार कौन है?" मनोहर ने पूछ लिया।

"जिम्मेदारी किसकी कही जाए? जिम्मेदारी उसी की कही जाएगी, जिसके पास शक्ति है, ताकत है। अम्न और भाईचारा ऐसा लगता है, समाज से खत्म हो जाएगा। सारा कुछ अब घृणा को केंद्रबिंदु बनाकर किया जा रहा है।" राजीव ने उद्विग्न होकर कहा।

"भाई···चारा!!! ह ह ह···इसी भाईचारे में हम सैकड़ों वर्ष गुलाम रहे।" राजीव अपनी बात कह ही रहे थे कि एक नवयुवक, जो पास ही बैठे युवकों की झुंड का हिस्सा था और इन दोनों की बातें सुन रहा था, बीच में बोल पड़ा।

उसकी बातों में एक खिसियाहट थी और गुस्सा उसकी भावभंगिमा से समझा जा सकता था।

बीच में किसी का इस तरह बोल पड़ना यूँ तो राजीव प्रसाद को नागवार गुजरा, पर वह युवक भी स्थानीय था और उससे लगभग रोज की भेंट थी। वह उसके बाप-चाचा को भी जानते थे, अतः उन्हें कुछ कड़ा बोलते नहीं बन पड़ा।

"भाईचारा और प्रेम के बिना कोई समाज नहीं चल सकता है, मेरे छोटे भाई। चारों तरफ नफरत और घृणा का माहौल हो, तो न समाज प्रगति कर सकता है और न सुरक्षित रह सकता है। आपसी प्रेम और विश्वास ही वह स्तंभ है, जिसपर किसी देश का भवन खड़ा होता है। इतिहास को खोदने बैठेंगे, तो हमारे हाथ बस विध्वंस ही लगेगा। इतिहास की कोई सीमा नहीं होती। एक रेखा मिटाएँगे तो उसके बाद दूसरी रेखा आकर खड़ी हो जाएगी।" राजीव प्रसाद ने समझाने की कोशिश की।

बहस भारतीय समाज का सार्वजनिक एवं सर्वप्रिय शगल है। युवक और राजीव प्रसाद के बीच हो रहे इस बहस का हिस्सा बनने के लिए, या यूँ कहें कि बहस का मजा लेने के लिए आसपास खड़े लोग उनकी ओर मुड़ गए और उनकी बातें सुनने लगे।

"ऐसा आप बुद्धिजीवियों की सोच है अंकल। इतिहास हमें सिखाता भी है, आगाह भी करता है कि उसकी पुनरावृत्ति भी संभव है। जो लोग इतिहास से नहीं सीखते हैं, इतिहास उन्हें सिखाने के लिए स्वयं को दुहराता है। जब देश पर आंतरिक और बाह्य संकट हों, तो देश को बचाना सबसे पहला कर्तव्य है। जब हम बचेंगे, तभी तरक्की करेंगे। जब हमारा अस्तित्व

ही संकट में होगा, तो प्रगति लेकर हम क्या करेंगे?" युवक ने अपनी दलील पेश की।

राजीव प्रसाद और मनोहर उस युवक का मुँह ताकते रह गए थे। 'क्या हो गया है इन युवकों को? कहाँ से ऐसी बातें सीख रहे हैं?'

"सब सोशल मीडिया की माया है, राजीव भाई। सोशल मीडिया अनियंत्रित राक्षस हो गया है। जो उसके पास जाएगा, उसे निगल जाएगा। सारा ज्ञान आजकल वहीं से मिल रहा है। किताबें कौन पढ़ता है? सोच-विचार भी कौन करता है? सोशल मीडिया पर इंस्टेंट नूडल्स की तरह ज्ञान मिलता है।" मनोहर ने राजीव को फुस फुसाते हुए कहा।

समय के साथ राजीव प्रसाद और मनोहर ने महसूस किया था कि युवाओं के बीच बहस में गरमा-गरमी रोज बढ़ती ही जा रही थी। वे लोग अब बहस करने में किसी से भी उलझ जा रहे थे। वे अब इन युवकों से एक तरह से डरने लग गए थे कि जाने कौन सा लड़का क्या बोलकर बेईज्जत कर दे!

उन्होंने कोशिश तो की कि अब चाय के अड्डे पर जाया ही नहीं जाए। कुछ दिनों तक उन्होंने जाने से परहेज भी किया। लेकिन यह वर्षों की आदत थी, सो जीवन में कुछ कमी सी लगने लगी थी। कुछ दिन रुककर वे फिर जाने लगे।

इसी बीच राजीव प्रसाद ने फेसबुक पर एक पोस्ट डाली कि कैसे देश में बढ़ रहा धार्मिक उन्माद, आपसी रंजिश और वैमनस्यता देश के सर्वांगीण विकास के लिए नुकसानदायक है। इसी क्रम में उन्होंने एक फिल्म की आलोचना कर दी, जिसपर समूचा देश दो धड़ों में बँटा हुआ था।

उस दिन राजीव प्रसाद और मनोहर अपने रोज के समय पर जब चाय की दुकान पर पहुँचे तो वहाँ युवकों की टोली मानो उनका ही इंतजार कर रही थी। राजीव ने ऐसा सोचा भी नहीं था। जो बात उचित न लगे, उसपर अपनी बेबाक राय देना उन्हें पसंद था और वह ऐसा हमेशा से करते आए

थे। लेकिन युवकों की जो नई पौध थी, उन्हें ऐसा करना पसंद नहीं था। युवकों ने आते ही उन्हें थाम लिया—

"आप ऐसा कैसे लिख सकते हैं? क्या फिल्म में सत्य नहीं दिखाया गया है? वो हिंसा करें, उससे नफरत नहीं फैलती और कोई हिंसा पर फिल्म बना ले तो नफरत फैल जाती है? कैसी बीमार सोच है आपकी?" राजीव के आते ही सवालों की बौछार कर दी गई।

आज सारे युवक इकट्ठा उग्र हो रहे थे। उनके चेहरे का भाव बदला हुआ था और बड़ों की मान-मर्यादा, ऐसा लगता था, सब भूल बैठे थे।

राजीव को ऐसी अपेक्षा नहीं थी। वे सब उसके मुहल्ले के ही युवक थे। पहले तो वे शांत रहने की कोशिश करते रहे। लेकिन जब युवकों ने उन्हें लगातार भला बुरा कहना जारी रखा तो उन्होंने कहा—

"देखो नफरत का जवाब नफरत तो नहीं हो सकता। उन्होंने हिंसा की तो हम भी बदले में हिंसा करें, इससे तो हिंसा और बढ़ेगी। इसका कोई अंत नहीं होगा। आग से कभी आग नहीं बुझाई जा सकती। आग का प्रतिकार पानी से ही करना होगा। हिंसा मानव की मूल प्रवृति नहीं है। मानव की मूल प्रवृति प्रेम है।"

"वे हिंसा करें तो हम क्या उनकी आरती उतारें? इससे हिंसा थम जाएगी? यह सब गांधीजी पहले ही करके देख चुके हैं। उनकी हिंसा कभी बंद नहीं होगी, क्योंकि हिंसा उनकी मूल प्रवृति है, यह जेहाद है।" एक युवक ने उग्र होकर कहा।

राजीव प्रसाद ने मनोहर की ओर देखा, मानो पूछ रहे हों, 'इन बच्चों को यह सब कौन सिखाता है? क्या हो गया इन बच्चों को?'

मनोहर क्या कहते, चुपचाप चाय पीते रहे।

लेकिन युवक चुप नहीं रहे। उनके भीतर गुस्सा भरा था। इस बीच कई दूसरे लोग भी तमाशाइयों की भीड़ में शामिल हो चुके थे। यह भीड़ भी

युवकों की बात से सहमत दिखाई देती थी। वे भी कहने लगे…"ये लड़के ठीक कहते हैं।"

"जानते हैं अंकल, यह प्रेम-अहिंसा, आग-पानी की बात, जो आपलोग करते हैं न, आप लोग वास्तव में कायर हैं, कायरों वाली बात करते हैं।" युवकों के बीच से आवाज आई।

भीड़ हँसी…उपहासात्मक हँसी…!

अभी तक राजीव प्रसाद. जो सारी बातें शांति से सुन और कह रहे थे, अपने लिए 'कायर' संबोधन सुनते ही विचलित हो गए। शांति और प्रेम की बात करना कायरता नहीं है। अहिंसा के लिए हिंसा से ज्यादा दृढ़ता की जरूरत होती है। वे कायर नहीं हैं। उनके चेहरे पर तनाव आ गया और मुट्ठियाँ भिंच गईं। वे उठे, मानो वर्षों से ठहरा हुआ लावा जमीन फोड़कर निकलना चाहता हो…उस युवक की ओर झपटे और गुस्से से फड़कता हुआ उनका हाथ अभी उस युवक के गाल पर पड़ता, उसके पहले ही मानो किसी अदृश्य शक्ति के वश, हाथ वहीं थम गया।

मनोहर ने यह सब देखा…युवकों ने देखा…वहाँ खड़ी भीड़ ने देखा…

राजीव का एक हाथ विद्रूप है, चितकबरा, जैसे कभी आग से जल गया हो और उसके निशान बुरी तरह शेष रह गए हों।

मनोहर ने राजीव को पकड़कर बिठाया। मनोहर के पकड़ते ही राजीव की मुट्ठियाँ ढीली पड़ गई। जैसे आँच दिखाते ही मोम ढीले पड़ जाते हैं।

मनोहर जानता है, राजीव सबकुछ है, कायर नहीं है। वह बहादुर है, साहसी है। वह उसके बचपन का साथी है, उसके साहस का साक्षी।

मनोहर ने राजीव की आँखों में इस आश्वस्ति के साथ देखा कि तुम कायर नहीं हो!

राजीव ने अपने हाथों की ओर देखा, चितकबरा रंग, विकृत, झुलसी

हुई एक-दूसरे पर चढ़ी हुई चमड़ी! वह अपने हाथों को उठाकर ऊपर अपने चेहरे के पास ले गया और गौर से देखने लगा···फिर वह धीमे से हँसा—"कायर की हथेली"!!!

कहीं दूर अवचेतन से आवाज आई—"बहादुर की हथेली!!"

उसे याद आया, जब वह अपनी हथेलियों की कुरूपता को लेकर दुःखी होता था, तो नेहा उसके हाथों को अपने हाथों में लेकर कहती थी, "बहादुर की हथेली! बहादुर की हथेली ऐसी ही होती है राजीव। सुंदर और नाजुक हथेलियाँ तो कमजोरों और कायरों की होती है। लेकिन वादा करो कि अब तुम लड़ाई-झगड़े, दंगे-फसाद नहीं करोगे।"

नेहा मीठी हवा के झोंके की तरह थी। वह तो एक आवारा की जिंदगी जी रहा था। दिन भर दोस्तों के साथ घूमना, गाँजा, सिगरेट फूँकना। इन्हीं दोस्तों में एक था प्रेम शर्मा। वही प्रेम शर्मा, जो आजकल नेता है। तब तक वह दो कत्ल कर चुका था। उसी प्रेम शर्मा के साथ उसका घूमना-फिरना था। पहाड़ टोली के नीचे हरमु नदी के मैदान में जुआ खेलना और प्रेम के साथ मिलकर मार-पीट करना, यही तो उसका काम था। और उसका सबसे प्रिय काम था, बम बाँधना। वह इतनी तेजी से और इतनी कुशलता से देशी बम बाँधता था कि उसके दोस्त उसे 'राजीव बम' कहते थे।

वह सन् 1992 की बात थी। एक नए धार्मिक नारे का खूब प्रचलन हुआ था। एक बड़े नेता देश भर में रथ लेकर घूम रहे थे और एक मसजिद को ढहाकर मंदिर बनाने की बातें हो रही थीं। इन सबकी परिणति 6 दिसंबर को हुई, जब मसजिद सचमुच ढहा दी गई।

लेकिन इसकी प्रतिक्रिया अत्यंत तीक्ष्ण हुई। मसजिद को ढहा देने के बाद कितने ही मंदिर और उससे बढ़कर देह मंदिर देश-विदेश में ढहा दिए गए।

ऐसी ही प्रतिक्रिया राँची के हिंदपीढ़ी मुहल्ले में हुई थी।

'नारा-ए-तकबीर' और 'अल्लाह हू अकबर' करती हुई हजारों लोगों

की भीड़ हिंदपीढ़ी की गलियों में उतर आई थी।

वहाँ रहनेवाले हिंदू, जो कि मुहल्ले में अल्पसंख्यक थे, अपने घरों में दुबके थे।

आगजनी की घटनाएँ हो रही थीं। लोगों के घरों पर पत्थर फेंके जा रहे थे, दरवाजे तोड़े जा रहे थे। माहौल भयावह था। पुलिस-प्रशासन स्थिति को नियंत्रण करने में असफल था। हिंदपीढ़ी के पश्चिम में स्थित किशोरगंज मुहल्ले के कुछ नवयुवकों ने तय किया कि किसी तरह हिंदपीढ़ी के हिंदुओं की रक्षा की जाए। लेकिन कैसे? चंद युवक उतनी बड़ी भीड़ का सामना कैसे करेंगे, वो भी निहत्थे?

ऐसे ही में याद आया था 'राजीव बम'।

'राजीव बम' को बुलाया जाए! लेकिन राजीव ने साफ मना कर दिया कि नहीं, वह बम नहीं बाँधेगा।

"लेकिन हिंदू के बात हऊ भयवा। नयं बाँधवे तो सब खत्म हो जैतव।" प्रेम शर्मा ने बहुत चिंतित स्वर में कहा था।

इस बात पर न जाने क्या प्रेरणा मिली कि राजीव बम बाँधने के लिए तैयार हो गया। लेकिन उसने साफ कह दिया कि इससे आगे वह कुछ नहीं करेगा।

तय हुआ कि राजीव बम बाँधेगा और बाकी लड़के जाकर हिंदपीढ़ी में बम फेंककर भाग आएँगे।

राजीव जल्दी-जल्दी बम बाँधने लगा। असर भी हुआ। जैसे ही दंगाई भीड़ को लगा कि सामने वाला पक्ष भी अब लड़ने पर आ गया है, उनके पास भी बम हैं, वे पीछे हट गए।

लेकिन इस बीच जो हुआ, वह नहीं होना था। बम बाँधने के क्रम में एक बम पर रस्सी का दवाब ज्यादा हो गया और बम राजीव के हाथों में फट गया।

राजीव का हाथ बुरी तरह घायल हो गया। बुरी तरह लहूलुहान राजीव ने लेकिन फिर भी हिम्मत नहीं हारी थी। रुमाल से हाथ को लपेटकर वह पैदल ही घर चला गया था। मामला पुलिस में जाते-जाते बचा था।

उसके पिता ने बहुत मुश्किल से मामला पुलिस में जाने से रोका था। अपनी गाढ़ी कमाई का एक हिस्सा उन्होंने इस सबमें खर्च कर दिया था। हाथ ठीक होने में कई महीने लग गए। लेकिन हथेली की कुरूपता सदैव के लिए रह गई।

राजीव के माता-पिता, जो पहले उससे दुःखी रहते थे, अब उसके भविष्य की चिंता में गलने लगे। इसी चिंता में एक दिन उसकी माँ चल बसी। इस घटना ने राजीव को झकझोरकर रख दिया। वह जिंदगी से भागने लगा। किसी भी बात में उसे अब रुचि नहीं रही। उसे कोई चीज अच्छी नहीं लगती।

जिंदगी के इसी उजड़े दयार में उसकी मुलाकात नेहा से हुई थी। नेहा से उसकी मुलाकात एक नाटक के क्रम में हुई थी। वह अपनी टीम के साथ एक नुक्कड़ नाटक करने राजीव के मुहल्ले में आई थी। वहीं कुछ मनचले लड़कों ने नेहा को देखकर फब्तियाँ कसी थीं। राजीव ने उन लड़कों का विरोध किया। लड़के राजीव से डरते थे। उसके बाद से राजीव एक तरह से उनकी नाटक टीम का हिस्सा ही बन गया था। जहाँ-जहाँ नाटक की टीम जाती, वह भी वहाँ चला जाता। वह नाटक की प्रस्तुति में कुछ मदद करता। धीरे-धीरे वह छोटे-मोटे रोल भी करने लग गया।

राजीव अनजाने ही सूते हुए नाकवाली साँवली नेहा के प्रेम-आकर्षण में खींचा चला गया था। दुनिया उसे अब एक बेहतर जगह लगने लगी थी। राजीव के लिए आकाश अब अधिक नीलप्रभ हो गया था। देह को छूकर जाती हवा शीतल लगती और वातावरण में संगीत की स्वरलहरियाँ गूँजती प्रतीत होतीं। नेहा की हर बात में एक सम्मोहन था, ऐसा सम्मोहन, जो राजीव के दिमाग को पूरी तरह अपने कब्जे में ले लेता था।

हालाँकि नेहा उम्र में उससे पाँच वर्ष बड़ी थी। इसलिए उसकी भूमिका कभी-कभी अभिभावक की तरह भी हो जाती थी—

"राजीव तुम आवारा दोस्तों के साथ उठना-बैठना बंद क्यों नहीं कर देते?" एक दिन नेहा ने राजीव से कहा था।

राजीव ने फिर कभी उन दोस्तों की ओर रुख नहीं किया। यद्यपि कि प्रेम शर्मा ने कई बार साथ में खाने-पीने की दावत देकर उसे ललचाया था।

हालाँकि, राजीव आज भी सिगरेट लेता है, पर गाँजा और शराब को उसने फिर कभी हाथ नहीं लगाया।

"राजीव, तुमको क्या करना अच्छा लगता है? किस बात से तुमको सबसे ज्यादा खुशी मिलती है?" नेहा ने एक दिन उसका वही जला हुआ हाथ अपने हाथों में लेकर पूछा था।

राजीव के पास इसका कोई जवाब नहीं था। उसे क्या अच्छा लगता है, उसने तो कभी इस तरह से सोचा ही नहीं था, सिगरेट पीना, लड़ाई करना, इसके अलावे भी कुछ अच्छा लग सकता है, उसे पता नहीं था।

लेकिन तभी उसे लगा नेहा के साथ रहना, तो उसे अच्छा लगता है। वह कहना चाह रहा था कि उसका साथ उसे बहुत अच्छा लगता है। लेकिन कह नहीं पाया। उसने कहा, उसे नाटक में रोल करना अच्छा लगता है।

छोटे-छोटे रोल से लेकर 'अंधायुग' में अश्वत्थामा तक की भूमिका राजीव ने शीघ्र ही तय कर ली थी। उसके अभिनय कौशल की सभी तारीफ करते। नेहा तो उसकी प्रशंसा करते नहीं अघाती। उसे खुद भी यकीन नहीं होता कि वह इतना अच्छा अभिनय कर सकता है, लेकिन यह प्रतिभा उसके अंदर छुपी थी, जो समय पाकर प्रस्फुटित हुई थी। उसने अपने भीतर इस दौरान बहुत बदलाव देखा। उसके जीवन के प्रति दृष्टिकोण में बहुत बड़ा परिवर्तन आया। जीवन अब अधिक अर्थपूर्ण लगने लगा था।

इस दौरान नेहा मजबूत स्तंभ की तरह उसके साथ खड़ी रही थी। जैसे

लता वल्लरियाँ मजबूत वृक्ष का सहारा पाकर तेजी से ऊपर की ओर बढ़ती है, राजीव अभिनय में नए सोपान तलाशता रहा। उसे जीवन सार्थक लगने लगा था। यह समय बहुत तेजी से बीता।

लेकिन जीवन सीधे रास्ते पर चलने का नाम नहीं है। एक दिन नेहा गैस भरे गुबारे की तरह आकाश में उड़ गई और वह किसी बच्चे की तरह बेबस, बस देखता रह गया।

नेहा को मुंबई, तब के बंबई में सिनेमा में काम करने का अवसर मिल गया था और नेहा किसी भी तरह वह अवसर गँवाना नहीं चाहती थी। राजीव क्या करता? उसने मन को समझाया कि यही नियति है, प्रेम की यही नियति होती है। कृष्ण और राधा के प्रेम का अंत भी तो यूँ ही बिछोह में हुआ था।

नेहा चली गई और साथ ही चला गया राजीव के नाटकों का शौक भी। पर बिछोह समय के रथ को धीमा नहीं कर पाता है। समय की अपनी गति है, अपना आयाम है। समय बीता और राजीव पत्रकार बन गया। उसने कोशिश करके पुरानी स्मृतियों को खुरच-खुरच कर निकाल दिया। उसका पुराना जीवन अब इतिहास बन गया था। पर पुराने जीवन के स्मृतिचिह्न के रूप में कुरूप हथेली उसके पास रह गई थी। इन हथेलियों पर नेहा की छुअन का नर्म अहसास कभी-कभी पीड़ा बनकर दिल में उठता रहता था।

आज उसे अपने लिए 'कायर' का संबोधन सुनकर दिल में जोर की हुक उठी थी।

उसे नेहा की याद किसी चुभन की तरह महसूस हुई थी। आज नेहा होती तो कहती, 'यह कायर की नहीं, बहादुर की हथेली है। इसी हथेली ने कई लोगों की जान बचाई थी।' जाने के पहले नेहा उससे वचन लेकर गई थी कि वह कभी मार-पीट नहीं करेगा। राजीव तो उसके आगे सर्वस्व देने को तैयार था, यह वचन तो बहुत छोटी सी चीज थी!

"यह दुनिया प्रेम से भी जीती जा सकती है और लड़ाई से भी, लेकिन प्रेम की जीत चिरस्थायी होती है और लड़ाई की जीत की उम्र बहुत कम

होती है। दुनिया को प्रेम से जीतने की कोशिश करो। तुम बहादुर हो। जब एक बहादुर इनसान प्रेम की बात करता है, तो उसका प्रभाव ज्यादा होता है। दुनिया को तुम्हारे प्रेम की जरूरत है।" नेहा ने जाने से पहले उसे समझाया था।

मनोहर ने उसके कंधे पर हाथ रखा और उसकी आँखों में देखा, मानो कहा हो, मैं जानता हूँ तुम कायर नहीं, बहादुर हो।

"चलो, अब घर चलें।" मनोहर ने कहा।

"क्या हुआ अंकल? आप आग का प्रतिकार तो आग से करने लगे थे। आपको तो गुस्सा आ गया। प्रेम की बात करते-करते आप क्रोध की आग में कूद पड़े!" युवक ने कटाक्ष किया।

"लेकिन प्रेम ने क्रोध का हाथ थाम लिया, यह तुम नहीं समझ पाए बच्चे!" मनोहर ने कहा।

"राजीव कायर नहीं है, बहादुर है। बहादुर होकर प्रेम की बात करना बड़ी बात है। कमजोर होकर हिंसा और नफरत की बात करना बहुत सरल है।" मनोहर ने आगे कहा।

युवक उन्हें अपलक निहारता रहा। मानो निर्द्वंद्व होने की कोशिश कर रहा हो!

दोनों उठकर वहाँ से चले गए।

आसमान में कहीं से टहलता हुआ बादल का एक टुकड़ा बँतू चौक के ऊपर आकर ठहर गया था। आसमान में टिमटिमाता एक तारा बीच से झाँककर अपनी उपस्थिति का अहसास करा रहा था।

□

## 8

# सात बजे की ट्रेन

वह मार्च की एक उदास शाम थी। स्टेशन के बाहर गुलमोहर के पीले सूखे पत्ते पसरे हुए थे, जो हवा के धीमे थपेड़ों से उड़कर इधर-उधर हो रहे थे। पतझड़ के मौसम में शामें अकसर बहुत उदास हुआ करती हैं। पेड़ों से झड़ते पत्ते मानो जीवन की नश्वरता को प्रत्यक्षतः प्रतिपादित करते हुए प्रतीत होते हैं।

स्टेशन पहुँचने के बाद उन्हीं पत्तों के बीच से होकर रेणू प्लेटफॉर्म के अंदर आ चुकी थी। वह धीमे-धीमे कदमों से प्लेटफॉर्म के एक किनारे पर स्थित महिला वेटिंग रूम की ओर जा रही थी। सात बजे की ट्रेन थी और अभी छह ही बजे थे। ट्रेन के आने में देर थी।

शहर में उसकी माँ का घर स्टेशन से दूर है और ट्रांसपोर्टेशन की भी बहुत अच्छी सुविधा नहीं है। इसलिए वहाँ से थोड़ा समय हाथ में रखकर ही चलना पड़ता है। लेकिन आज संयोग से तुरंत ही एक खाली ऑटो मिल गया, जिसके कारण रेणू स्टेशन जल्दी पहुँच गई थी।

पिताजी की मृत्यु के बाद माँ घर में अकेली ही रह गई थी। उनका घर शहर के एक किनारे में था। जब उसके पिताजी ने वह घर बनाया था, तब शहर का वह इलाका बसना शुरू ही हुआ था। घर के सामने सड़क के दूसरी ओर एक पीपल का पेड़ था और उसके बाद थोड़ी दूर पर एक बड़ा सा तालाब। पीपल उनके घर का प्रहरी था। जब दोपहर की कड़ी धूप आती

तो पीपल अपनी छाया घर के आँगन में पसार देता था। दोपहर के समय सड़क एकदम सुनसान हो जाती थी। कम आबादी होने के कारण इधर कम ही लोग आते-जाते थे। सुबह को तो थोड़ी चहल-पहल रहती भी थी, पर दोपहर होते-होते जिन्हें काम पर जाना होता वे काम पर चले जाते बाकी अपने घरों में दुबक जाते। दूर तक सन्नाटा पसरा रहता। यह सूनापन माँ के घर के आँगन में भी उतर आता था। घर के आँगन में स्थित हरसिंगार की छाया तब छोटी हो जाती।

'माँ कितनी अकेली हो गई थी।' वह सोचने लगी। आज जब वह घर से निकल रही थी, तो माँ उसका हाथ पकड़कर रोने लगी। इतनी लाचार और उदास उसने माँ को कभी नहीं देखा था। उसकी आँखों में अजीब सी बेचैनी और बेचारगी झलक रही थी।

'एक कमजोर और बूढ़ी औरत को अगर घर में अकेले रहना पड़े, तो उदासी स्वाभाविक ही है। अकेले रहने पर तो पेड़-पौधे भी मुरझा जाते हैं। उसकी माँ तो एक जीती-जागती औरत थी।' उसने सोचा। सोचते-सोचते वह पुरानी यादों में खो गई।

जब वह छोटी थी, तो घर की सारी जिम्मेदारियाँ माँ ही उठाती थी। वह मानसिक रूप से कितनी मजबूत थी! पिताजी तो अपने काम से अकसर बाहर ही रहते थे। बस वे महीने के आखिर में अपनी सारी कमाई माँ के हाथ में रख देते थे और घर-बाहर का सारा काम माँ ही किया करती थी। उसे स्कूल, ट्यूशन छोड़ना और लाना, सब वही करती थीं। उस समय तो वह इलाका जहाँ आज उनका घर है, और भी उजाड़ था। स्कूल बस के आने का तो कोई सवाल ही नहीं उठता था।

उसे याद है, जब एक बार वह बीमार पड़ गई थी और कोई रिक्शा नहीं मिल रहा था, तो माँ उसे अपनी गोद में लेकर उस सड़क तक ले गई थी, जहाँ ऑटो रिक्शा मिलता था। उसके बाद वहाँ से शहर के नामी अस्पताल में ले गई थी और उसका इलाज कराया था। तब उसे डॉक्टरों ने

तीन दिन तक अस्पताल में भरती रखा था। माँ बहुत मुस्तैदी से अकेले ही अस्पताल में रहकर उसकी देखभाल करती रही थी। पिताजी तो उसके एक सप्ताह बाद ही आ पाए थे।

इस बार माँ बता रही थी कि जब वह बीमार हुई, तो तीन दिनों तक बुखार से घर में अकेले तड़पती रही। कोई उसे डॉक्टर के पास ले जाने वाला नहीं था। वो तो भला हो दूधवाले भोला का, जिसने दया करके एक दिन उसे एक डॉक्टर के यहाँ पहुँचा दिया था।

यह सब बताते हुए माँ कितनी बेबस और कमजोर दिख रही थी! 'उम्र के इस पड़ाव में अकेले रह जाना एक अभिशाप ही तो है।' रेणू सोच रही थी।

रेणू अपने माँ-बाप की इकलौती संतान थी। उसके माता-पिता ने कभी दूसरी संतान की चाहत नहीं की। वे कहते थे कि एक ही बच्चे को अगर अच्छे से पढ़ाया-लिखाया जाए, तो वे दस के बराबर होता है। रेणू को याद है कि उसकी बड़ी चाची ने जब उसकी माँ को कहा था कि अनुराधा तुम्हें एक बेटा होता तो अच्छा रहता तो कैसे उसकी माँ उनपर झुँझला गई थी—

"आज के जमाने में बेटी और बेटा में भी भला कोई अंतर रह गया है? बेटियाँ आजकल बेटों से बढ़कर काम कर रही हैं। हम तो अपनी बेटी को बेटे से बढ़कर परवरिश देंगे।" माँ ने गर्व से कहा था।

प्लेटफॉर्म पर कोई ट्रेन आकर रुकी थी, जिसके यात्री गाड़ी से उतर रहे थे। अचानक प्लेटफॉर्म पर भीड़ हो गई थी। लाउडस्पीकर पर ट्रेन के आने और उसके गंतव्य के संबंध में घोषणा हो रही थी। रेणू ने तय किया कि वेटिंग हॉल में जाने से पूर्व एक कप चाय पी ली जाए और तब फिर आराम से वेटिंग हॉल में कोई पत्रिका पढ़ते हुए समय आसानी से गुजर जाएगा। यही सोचकर वह एक टी-स्टॉल पर रुक गई।

उसके माँ-पिताजी ने उसे पढ़ाने में कोई कसर नहीं छोड़ी। इंजीनियरिंग

और एमबीए करने के बाद रेणू आज बंगलुरु में एक अच्छी कंपनी में कार्य कर रही थी। उसके पति भी वही एक अंतर्राष्ट्रीय कंपनी में कार्यरत थे। दोनों की मासिक आय भी अच्छी-खासी थी। किसी चीज की कोई कमी नहीं थी।

अब तक प्लेटफॉर्म पर भीड़ छँट चुकी थी। प्लेटफॉर्म पर आई हुई गाड़ी निकल चुकी थी। रेणू ने वेटिंग हॉल की ओर जाने का निश्चय किया। बगल के बुक स्टॉल से उसने एक अंग्रेजी पत्रिका खरीद ली थी। रेणू धीरे-धीरे वेटिंग हॉल की ओर बढ़ रही थी, पर उसका मन पुनः उड़कर माँ के उदास आँगन की ओर चला गया था।

"क्या माँ ने चाय पी होगी?" वह सोचने लगी। माँ बता रही थी कि अब वह एक वक्त ही खाना बनाती हैं। एक बार सुबह कुछ बना लिया, उसे ही रात में भी गरम करके खा लेती हैं। जितनी बार खाना बनाओ, उतनी बार बरतन धोने की झंझट! जबकि उसे याद है कि पहले माँ ताजा एवं गर्म खाने की कितनी हिदायतें दिया करती थीं! वह तो फ्रीज में रखा खाना भी कभी गर्म करके खाने की पक्षधर नहीं थी। वह कहती थी कि यह सब आलसियों के काम है।

इस बार रेणू ने अपनी माँ को ज्यादा ही उदास महसूस किया था। इस बार वह आई भी तो पूरे एक साल के बाद थी। प्राइवेट कंपनी में वेतन भले ही ज्यादा मिलता हो, पर जीने की आजादी खतम हो जाती है और अभी तो उसका तरक्की करने का समय है। अभी तो जितनी मेहनत करेगी, उतनी ही तरक्की करेगी। इतनी दूर बंगलुरु से बार-बार आना संभव भी तो नहीं था। जब तक पिताजी थे, माँ अकसर फोन करके भी उसका हाल-चाल लेती रहती थीं, पर अब वह इस बात से भी उदासीन हो गई थी।

पहले बगल में मेहरा आंटी रहती थीं, तो माँ को कुछ सहारा था। उससे बोल बतिया लेती थी और एक-दूसरे को मदद भी करती रहती थीं। इस बार जब रेणू आई और उसने मेहरा आंटी के बारे में पूछा, तो माँ ने

बताया कि उसका बेटा विनीत उसे मुंबई लेकर चला गया है अपने पास। हालाँकि रेणू ने यह महसूस किया था कि जैसे माँ कह रही हो कि 'उसका तो बेटा था, उसे अपने साथ ले गया!'

अपने इन्हीं विचारों में डूबी रेणू अचानक से किसी चीज से टकराई, नीचे देखा तो वह एक आदमी था, जिसके दोनों पैर कटे थे। वह हाथ फैलाकर उससे भीख माँग रहा था। वह आदमी बार-बार अपने दोनों पैर दिखाकर उससे कुछ पैसे देने का अनुरोध कर रहा था। उसके चेहरे पर जो भाव थे, उसे देखकर रेणू चौंक गई। उसे लगा, वह मानो गहरे पानी में डूबती जा रही है और साँस नहीं ले पा रही है। ऐसे ही भाव तो उसकी माँ के चेहरे पर भी थे, जब वह अपनी माँ से विदा ले रही थी। उसे लगा, वह चक्कर खाकर गिर जाएगी। वह बगल में ही पड़ी एक बेंच पर धम्म से बैठ गई। वह आदमी अब भी उसके पैरों के पास उसे आशा भरी नजरों से देख रहा था। उसे उस आदमी की आँखों में अपनी माँ की आँखें दिखाई दे रही थीं। उफ्फ ऐसी बेचारगी भरी आँखें! ऐसी ही आँखें···बिल्कुल ऐसी ही आँखें तो थीं उसकी माँ की, जब वह घर से स्टेशन के लिए निकल रही थी।

वृद्धावस्था में पति या पत्नी के नहीं रह जाने पर व्यक्ति कितना अकेला हो जाता है! रेणू अपने बुढ़ापे की कल्पना करके काँप गई। कल उसे भी तो वृद्ध होना है। समय के क्रूर पहिए ने किसे छोड़ा है?

रेणू ने अपनी आँखें बंद कर लीं और वहीं बैठी रही। सात बज गए थे। बंगलुरु जाने वाली ट्रेन का जोर-जोर से अनाउंसमेंट हो रहा था। ट्रेन निकल जाने के बाद प्लेटफॉर्म पर शांति छा गई और रेणू के मन में भी। रेणू थोड़ी देर वहीं बैठी रही। उसने मन-ही-मन एक निश्चय कर लिया था। उसने बंगलुरु में अपने पति से बात की एवं आश्वस्त हो गई।

अब उसका मन बहुत हल्का लग रहा था। ऑटो में बैठे हुए उसके मोबाइल में मैसेज प्राप्त होने का रिंग टोन बजा। उसने देखा कि बंगलुरु जानेवाली अगले दिन की ट्रेन में दो लोगों के टिकट कंफर्म हो गए हैं। उसने

अपने पति को एक थैंक्स का मैसेज भेज दिया। उसके पति ने उधर से एक 'थम्स अप' का।

"माँ, आज क्या खाना बना रही हो? बहुत जोरों की भूख लगी है।" माँ ने जैसे ही दरवाजा खोला, रेणू ने माँ से कहा।

"अरे! गई नहीं तुम? क्या हुआ, तबीयत तो ठीक है? ट्रेन तो नहीं छूट गई?" माँ के स्वर में बेटी की खैरियत के लिए स्वाभाविक उद्विग्नता थी।

"हाँ माँ, सब ठीक है।" रेणू सोफे पर बैठ गई एवं माँ को भी खींचकर वहीं बिठा लिया एवं उसकी गोद में अपना सर रख दिया।

'ऐसी शांति और ऐसा सुख, माँ की गोद के अलावा कहाँ मिल सकता है!' रेणू सोच रही थी।

उसके गाल पर दो गर्म बूँदे गिर पड़ीं। यह शायद माँ की खुशी के आँसू थे। अगले दिन बंगलुरु जानेवाली ट्रेन में दो औरतें सवार हुई थीं।

□

# 9

# कलंकिनी

मार्ग के दोनों तरफ ऊँचे घने पेड़ों की लंबी शृंखला थी। सड़क के दोनों किनारे के पेड़ बीच-बीच में एक-दूसरे की तरफ इस तरह झुके हुए थे, मानो एक-दूसरे से गलबहियाँ कर रहे हों। कहा जाता है कि झारखंड के पहाड़ और पेड़ दोनों बहुत पुराने हैं और अपने दिलों में समय के गहरे रहस्यों को छुपाए हुए हैं। लेकिन अब धीरे-धीरे पेड़ और पहाड़ दोनों मनुष्यों की असंवेदनशीलता के विरुद्ध हार रहे हैं एवं समय के गहरे रहस्य एक-एक कर विलीन हो रहे हैं। दूर से देखने पर यहाँ की जमीन में तरह-तरह के खनिज तो दिखते हैं, पर यहाँ की पीड़ा नहीं दिखती। नजदीक से देखें तो सिर्फ पीड़ा रह जाती है, खनिजों पर दूरवालों का अधिकार है।

बस चतरा से चली थी और शीघ्र ही शहर के सीमाने से बाहर खुले में आ गई थी। चतरा, झारखंड का एक ऊँघता हुआ छोटा सा शहर है। शहर के बदले इसे कस्बा कहना ही ज्यादा उचित होगा, यहीं शुरू और यहीं खत्म! यह बस दरअसल चुनावकर्मियों को लेकर जा रही थी। बस में बैठे ज्यादातर चुनावकर्मी चुनाव के दौरान आने वाली परेशानियों को लेकर चिंतित थे। एक डर उनके मन में नक्सलियों के हमले का तो था ही, लेकिन उससे भी ज्यादा, जिस बात का डर था, वह था, चुनाव में भरे जाने वाले पचासों तरह के फॉर्म और समय-समय पर उनकी रिपोर्टिंग का।

ज्ञान सिंह चतरा में एक सरकारी शिक्षक थे एवं विधानसभा चुनाव में

उनकी ड्यूटी पोलिंग अफसर के रूप में लगी थी। चुनाव सामग्री लेते-लेते दोपहर का समय हो गया था, जिसके बाद वे और उनकी टीम नियत बस में बैठ गए थे।

बस अपनी गति से आगे बढ़ती जा रही थी और ज्ञान सिंह चारों ओर व्याप्त प्रकृति की सुषमा को निहारते, आनंद के वशीभूत हो रहे थे कि उनके मोबाइल फोन की घंटी बज उठी—

"छम्मा छम्मा बाजे रे मेरी पैजनियाँ..."

लेकिन उन्होंने जब इसपर ध्यान नहीं दिया तो उनके बगल में बैठे व्यक्ति ने उन्हें बताया कि उनका मोबाइल फोन बज रहा है।

"ये लड़की भी रोज मेरा रिंग टोन बदल देती है।" ज्ञान सिंह को अपनी बेटी पर कोफ्त हुई साथ ही प्यार भी आया।

उनकी बेटी रिया अभी 14 साल की है, उसमें इनकी जान बसती है। अभी से मोबाइल माँग रही है। लेकिन उन्होंने तय किया हुआ है कि जब तक स्कूल पास नहीं कर जाती वे उसे मोबाइल दिलवानेवाले नहीं हैं। इसीलिए अभी उनके या मम्मी के मोबाइल से काम चलाती है और रोज अपनी रूचि के अनुसार रिंग टोन लगाती रहती है। ज्ञान सिंह तो चाहते हैं कि अपनी बेटी को वे राँची में रखकर किसी बड़े स्कूल में पढ़ाएँ। चतरा में उनके मनोनुकूल अंग्रेजी स्कूल नहीं है और बिना अंग्रेजी स्कूल में पढ़े अच्छे भविष्य के प्रति वे आश्वस्त नहीं हैं। लेकिन अकेले रिया और उसकी मम्मी को राँची में वे छोड़ना भी नहीं चाहते हैं।

"हैलो..."

"हाँ हैलो"

"पहुँच गए?"

"नहीं भाई अभी तो चला ही हूँ।"

"कितनी देर और लगेगी?"

"कुछ पता नहीं, पहुँचकर फोन करूँगा…"

"अच्छा…खाना खा लिया?"

"हाँ खा लिया।" उन्होंने झूठ बोल दिया।

"चलो पहुँचकर फोन करूँगा…"

चतरा से करीब बीस किलोमीटर दूर एक गाँव में उनका बूथ था। एक बस में कई पोलिंग पार्टियों को बैठा दिया गया था। विभिन्न पोलिंग पार्टियों को उतारते- उतारते बस जब ज्ञान सिंह के बूथ वाले गाँव में पहुँची तो शाम के चार बज चुके थे। सर्दियों के दिन थे। सामान उतारते एवं स्वयं के बैठने की जगह बनाते-बनाते साँझ का झुटपुटा छाने लगा था। सूरज तेजी से पश्चिम के पहाड़ों के पीछे छुप जाने के लिए आतुर था। गाँव के कुछ लोग भी तब तक वहाँ आ चुके थे। लोगों से बोलने-बतियाने में निशा ने क्षितिज पर कब तिमिर की चादर तान दी, पता ही नहीं चला।

ज्ञान सिंह को दोनों वक्त दिशा-मैदान जाने की आदत थी। पोलिंग बूथ पर जब वे पहुँचे थे, तो सोचा था कि शाम में दूर तक घूमने निकल जाएँगे और उधर से ही दिशा-मैदान से फारिग होते हुए आ जाएँगे। उन्हें इस तरह के गाँव, जहाँ दूर-दूर तक खाली खेत हों, बहुत लुभाते थे। स्कूल के पीछे दूर तक टाड़ था। टाड़ खेतों में कोई एक ही फसल होती है और ज्यादातर समय ये खेत खाली ही पड़े रहते हैं। इन खेतों के मध्य महुआ के पेड़ कहीं-कहीं अकेले-अकेले खड़े थे।

ज्ञान सिंह ने लोगों से क्षमा माँगी और बताया कि वे दिशा-मैदान के लिए जाना चाहते हैं।

"सर, ऐसा कीजिएगा कि स्कूल के पीछे ही कहीं बैठ जाइए, ज्यादा दूर मत जाइएगा।" एक 45-50 साल के व्यक्ति ने, जिसकी पत्नी वहाँ पंचायत समिति की सदस्य थी, कहा।

"हाँ जाइएगा भी, तो उधर बाँसवाड़ी के तरफ तो एकदमे नहीं जाइएगा।" एक नौजवान ने कुटील मुस्कान के साथ कहा।

"हा हा हा···उधर सुनीतवा आदमी को पकड़ लेती है" एक कम उम्र के लड़के ने हँसते हुए कहा।

'चुप! फालतू बात करता है! रजुआ साला खुद बदमाशी करता है और कहता है सुनीतवा पकड़ लेती है!" पहलेवाले आदमी ने डाँटते हुए कहा।

"रजुआ झूठ कहता है, तो आप कभी ट्राइ मार लीजिए चचा" लड़के ने शरारतपूर्ण ढंग से कहा।

"भूल के भी उधर मत जाइएगा सर। आप बाहर के आदमी हैं, आप क्या जनिएगा, यहाँ क्या-क्या लीला होता है?" लड़के ने गंभीर मुखमुद्रा बनाकर कहा।

ज्ञान सिंह अकचका गए। उन्हें समझ नहीं आया कि ये क्या बात कर रहे हैं? उन्होंने सोचा कि इससे पहले कि और भी ज्यादा देर हो जाए, वे फारिग हो आएँ।

जब तक वे वापस लौटे, तब तक वहाँ मौजूद लोग जा चुके थे। रात की कालिमा छा चुकी थी। अचानक से उनका फोन बज उठा—"छम्मा-छम्मा बाजे रे मेरी पैजनियाँ···"

"हाँ, पहुँच गया। सब ठीक-ठाक है।" उन्होंने बता दिया।

"और हाँ, कल रिया को ट्यूशन छोड़ने जाना, उसे अकेले जाने मत देना। शहर का माहौल आजकल बहुत खराब है।" अपनी तरफ से उन्होंने रिया की सुरक्षा की आश्वस्ति सुनिश्चित कर ली।

रात के भोजन का इंतजाम गाँव के ही मुखिया के यहाँ था।

भोजन करते हुए ज्ञान सिंह ने मुखिया-पति से सुनीता के बारे में पूछा। ये सुनीता कौन है और बांसवाड़ी की क्या कहानी है?

दरअसल, पंचायत की मुखिया तो एक महिला थी, लेकिन उसकी सारी जिम्मेदारी और काम-काज उसका पति ही देखता था। इसीलिए सब उसे ही 'मुखिया' कहते भी थे और मानते भी थे। सिर्फ कागजों में जहाँ दस्तखत की जरूरत होती थी, वहाँ वास्तविक मुखिया अपने दस्तखत करती थी।

भारत में महिला सशक्तीकरण पालकी पर चल रही है, जिसे पुरुष अपने कंधों पर ढो रहे हैं। वे अपने कंधों से इस पालकी के बोझ को उतारना ही नहीं चाहते। कहीं-कहीं तो महिलाएँ पालकी से उतरना भी नहीं चाहतीं और जहाँ उतरना चाहतीं है, वहाँ पुरुष उन्हें ऐसा करने नहीं देते। हालाँकि स्वतंत्रता एवं सत्ता का स्वाद बहुत नशीला होता है, जिसने इसका स्वाद चख लिया, वह इसे फिर आसानी से छोड़ना नहीं चाहता।

मुखिया पति, ज्ञान सिंह के साथ ही बैठा भोजन कर रहा था। पहले तो उसने बात को टाल देना चाहा, पर जब ज्ञान सिंह ने बात दुबारा छेड़ दी, तो उसने कहा कि स्कूल के पीछे बांसवाड़ी में एक चुड़ैल रहती है।

"चुड़ैल रहती है? और आप इस बात पर यकीन करते हैं?" ज्ञान सिंह ने आश्चर्य से पूछा।

ये गाँव हैं सर, आप चाहें न चाहें, यहाँ बहुत सारी चीजों पर यकीन करना पड़ता है। ऊपर से हम पौलिटिशियन ठहरे। हमें तो गाँव की भावनाओं का खयाल रखना पड़ता है।"

ज्ञान सिंह खाना खाकर अपने बूथ पर वापस आ गए। मुखियापति ने जो जानकारी उन्हें दी थी, उससे वे संतुष्ट नहीं हो पा रहे थे। उन्हें लग रहा था कि कुछ ऐसी बात है, जिसे वह छुपा गया है। उन्हें सत्य जानने की उत्सुकता से ज्यादा फिक्र इस बात की थी कि गाँव के लोगों को कैसे इस अंधविश्वास से निकला जाए?

बूथ पर पहुँचने के बाद उन्होंने देखा कि चौकीदार अकलू राम वहाँ मौजूद है। उसे लगा कि चौकीदार से बात की जाए, उसको पूरी कहानी

अवश्य पता होगी। चौकीदार गाँव में पुलिस का खबरी होता है, उससे कोई खबर कैसे छूट सकती है?

उसने चौकीदार को खैनी खिलाई और पास बैठा लिया।

"ये बांसवाड़ी की तरफ जाने से लोग क्यों मना करते हैं?" उसने चौकीदार से पूछा।

"उधर सुनीतवा चुड़ैल रहती है साहब, इसीलिए मना करते हैं।" चौकीदार ने तुरंत ही कहा।

"तुम इन बातों में यकीन करते हो?" उसने पूछा।

"मेरे यकीन करने-न-करने से क्या होता है? जब गाँव के सब लोग करते हैं, तो मैं भी करता हूँ।" चौकीदार ने कहा।

"कौन है सुनीतवा? क्या कहानी है उसकी?"

"आप जानकर क्या करेंगे साहब? बहुत दर्दभरी कहानी है बेचारी की।"

"मुझे सुनना है, तुम सुनाओ" ज्ञान सिंह ने अनुनय किया।

"रात बहुत हो चुकी सर। खाना-पीना हो ही गया है, जाकर आराम से सोइए। आप बाहरी आदमी हैं। काम खतम करके इत्मीनान से शहर जाइए। कहाँ इन सब लफड़ों में अपनी टाँग फँसाइएगा!" चौकीदार ने कहा।

"अभी तो नौ ही बजे हैं अकलुजी, शहर में तो इस समय शाम ही होती है। अभी देर कहाँ हुई है? आप सुनाईए। एक राउंड खैनी मैं और बनाता हूँ।" कहकर ज्ञान सिंह ने जेब से खैनी की डिबिया निकाल ली।

चौकीदार कहानी सुनाने लगा। ज्ञान सिंह धीरे-धीरे खैनी मलने लगे।

"सुनीता यहाँ की रहनेवाली नहीं थी, वह गाँव ही के दिनेश की साली थी साहेब।

"सुनीता की बड़ी बहन यानी दिनेश की पत्नी अनीता को जब पहला बच्चा ठहरा, तो उसने अपने माँ-बाप से अनुरोध किया कि सुनीता को

उसके साथ भेज दें, ताकि सुनीता उसकी देखभाल कर सके।

"सुनीता के माँ-बाप के लिए यह बात मुँह-माँगी मुराद की तरह थी। घर में एक सदस्य के कम होने का मतलब था, अन्य सदस्यों के लिए आधी रोटी का बढ़ जाना! गरीबी सुनीता के घर में हवा और धूप की तरह व्याप्त थी। हर बार के खाने का इंतजाम एक बड़ा संघर्ष था। सुनीता के पिता रमेशर किसी तरह परिवार की गाड़ी खींच रहे थे। परिवार में खेती-बाड़ी की कोई जमीन नहीं थी। रहने के लिए एक कमरे का छोटा सा घर तो था, पर उसकी, ढहती हुई दीवारों ने उसी तरह छप्पर का बोझ उठाया हुआ था, जिस तरह रमेशर अपने परिवार का बोझ उठा रहे थे।

"एक बेटे की आस में छह बेटियाँ अनचाहे घास की तरह रमेशर और उसकी पत्नी की कँटीली बगिया में उग आईं थीं, जिनके लिए भोजन और वस्त्र का प्रबंध रमेशर की जिम्मेदारी थी, जिसमें वे स्वयं को असमर्थ पाते थे।

"रमेशर बच्चियों की छोटी उम्र से ही उन्हें ब्याहने की फिक्र में लग गए थे। वे जिस समाज में रहते थे, वहाँ बेटियों का ब्याह दुनिया के कुछ सबसे कठिन कार्यों में से एक है, जिसे हरेक बाप को निबाहना होता है, और बाप अगर निर्धन हो, तो फिर यह कार्य कई गुना अधिक दुष्कर हो जाता है। समाज बेटियों के बाप के प्रति कोई भी सदाशयता नहीं रखता। किसी तरह रमेशर ने बड़ी बेटी अनीता की शादी इस गाँव के दिनेश से कर दी थी, जो दूर-दराज का उसका रिश्तेदार लगता था और दिहाड़ी मजदूर था।

"अपनी गर्भवती बहन की सेवा करने के उद्देश्य से सुनीता उसके घर आ गई। बहन अनीता के यहाँ भी गरीबी ने अपना भरपूर शृंगार रचाया हुआ था। फर्क यह था कि यहाँ सदस्यों की संख्या कम थी, तो गरीबी के दर्शन भी उसी अनुपात में कम होते थे।

"सुनीता चूँकि गाँव के एक गरीब आदमी की साली थी, इसलिए

गाँव की साझी साली मान ली गई। मजबूत और संपन्न आदमी की साली से मजाक करने में जो थोड़ी–बहुत मर्यादा होती है, गरीब की साली होने से उसकी भी जरूरत नहीं होती है। तेरह–चौदह साल की लड़की के साथ बच्चे से लेकर बुड्ढ़े तक अश्लील मजाक करने का कोई मौका जाने नहीं देना चाहते।

"सुनीता घर से बाहर निकलना ही नहीं चाहती थी, पर गरीब का घर और बाहर एक सा ही होता है। एक कमरे के घर में कमरे से बाहर कदम रखते ही आदमी बाहर खड़ा होता है। पानी एवं शौच के लिए सुनीता को बाहर जाना ही पड़ता था। 'स्वच्छ भारत' की शुरुआत यद्यपि हो चुकी थी, लेकिन उसका प्रभाव अभी उसके गाँव तक पहुँचना बाकी था। इक्का–दुक्का जिनके घर में शौचालय बने भी थे, वे या तो उसे बंद करके रखते थे या उसमें गोइठा रखते थे।

"जिस दिन अनीता को बच्चा हुआ, उस दिन सुबह से ही सुनीता बहुत व्यस्त रही। दिन भर अस्पताल में अपनी बहन के साथ रहने के बाद शाम में वह अपने बहनोई के साथ घर वापस लौटी। उसने जल्दी–जल्दी खाने के लिए कुछ बनाकर बहनोई को दिया, जिसे लेकर वह अस्पताल चला गया। घर में सुनीता अकेली रह गई। सुनीता को शौच जाने की हाजत महसूस हुई। रात घिर आई थी। अँधेरा गहरा चुका था। उसने सोचा कि पास ही कहीं निबटकर आ जाए। फिर आकर चुपचाप सो जाएगी। वह घर से निकली। पास ही बांसवाड़ी थी।

"अभी वह बैठने की तैयारी ही कर रही थी कि पाँच–छह लोगों ने आकर उसे पकड़ लिया और खींचकर बांसवाड़ी की ओर ले गए। जैसे कमजोर मेमने का बच्चा जब भेड़ियों के चँगुल में पड़ता है, तो हारकर भागने की सारी उम्मीदें छोड़ देता है और अपने आपको भेड़ियों के भरोसे छोड़ देता है, वही स्थिति सुनीता की हुई।

"कल उसकी बहन और बहनोई घर वापस आ गए। सुनीता ने उन्हें

अपने साथ हुई घटना के बारे में बताया, लेकिन उन्होंने इस पर कोई ध्यान नहीं दिया। उल्टा वे उसी पर दोष लगाने लगे कि उतनी रात गए उसे उधर जाने की जरूरत क्या थी? उसकी बहन ने तो यहाँ तक कह दिया कि उसी के लक्षण ठीक नहीं हैं। सुनीता क्या कहती, वह चुप रही। बहन अपनी नवजात बच्चे में व्यस्त हो गई और बहनोई रोजी कमाने की फिक्र में लग गया।

"सुनीता घुटती रही, उसके साथ इतनी बड़ी घटना हुई थी, पर मानो किसी के लिए उसका कुछ महत्त्व ही नहीं था। उसने भी परिस्थिति से समझौता कर लिया। वह यद्यपि सभी अपराधियों को पहचानती थी, सब उसी गाँव के थे, पर वह उनका क्या कर सकती थी? इनसान सबसे बुरी हालत में तब होता है, जब वह अपने अपमान का बदला लेना चाहता है, लेकिन ऐसा नहीं करने के लिए मजबूर होता है!

"कुछ दिनों तक जब कुछ नहीं हुआ, तो अपराधियों के हौसले बढ़ गए। अब वे सुनीता को फिर से छेड़ने लगे। वे खुलेआम उसके साथ किए गए घृणित कार्य के बारे में बताते। बात धीरे-धीरे पूरे गाँव में फैल गई। जिन्हें लज्जित होना चाहिए था, वे छाती चौड़ी करके चल रहे थे। सुनीता शर्म से मरी जाती थी। गाँव की औरतें सुनीता को उलाहने देने लगी थीं। वे उसके चरित्र पर लांछन लगाने लगीं। उसे छिनार बताने लगीं।

इस बीच वह हुआ, जो नहीं होना चाहिए था। सुनीता का पेट बढ़ने लगा था और शीघ्र ही गाँव की महिलाओं की नजर में आ गया। सुनीता का पेट बढ़ना गाँव की औरतों की नजर में, उसके चरित्रहीन होने का जीता-जागता सर्टिफिकेट हो गया। गाँव की महिलाएँ अब सुनीता की बहन और बहनोई के साथ यह कहते हुए गाली-गलौज करने लगीं कि ऐसी चरित्रहीन लड़की को वे क्यों गाँव में रखे हुए हैं? इसे तुरंत गाँव से बाहर करें। ऐसी कलंकिनी के गाँव में रहने से गाँव का माहौल खराब होगा।

"जिन लड़कों ने सुनीता के साथ अपराध किया था, उनकी माँएँ भी

सुनीता को चरित्रहीन बतातीं। कहतीं कि इस लड़की के लक्षण खराब हैं, इसीलिए इसके साथ ऐसा हुआ है। गाँव में और भी इतनी लड़कियाँ हैं, सबके साथ तो ऐसा नहीं होता है!

"आस-पड़ोस की महिलाओं ने सुनीता और उसकी बहन का पूरी तरह बहिष्कार कर दिया। उनके यहाँ से कुछ भी लेना-देना सब बंद कर दिया। हद तो तब हो गई, जब उसके चापानल से पानी लेने पर भी रोक-टोक होने लगी। महिलाएँ सुनीता से छूत मानने लगीं। लेकिन सुनीता चापानल से पानी नहीं लेगी, तो कहाँ से लाएगी? इसलिए वहाँ जाना उसकी मजबूरी थी।

"जब कभी वह चापानल पर पानी लेने जाती तो आस-पड़ोस की महिलाएँ उसे दुरदुरा देतीं। अगर चोरी छुपे उसने कभी पानी भर भी लिया, तो उसके बाद महिलाएँ चापानल को अच्छे से धोतीं, यह उसे बहुत बुरा लगता था।

धीरे-धीरे इधर सुनीता का पेट बढ़ता जा रहा था और उधर गाँव की महिलाओं का उसके प्रति घृणा और द्वेष भी। सुनीता अपने प्रति महिलाओं के व्यवहार से परेशान तो थी ही, वह अपनी बहन को हो रही परेशानी से और भी ज्यादा परेशानी महसूस कर रही थी। धीरे-धीरे अब उसे भी लगने लगा था कि इन सबके लिए वही दोषी है। कुछ-न-कुछ गलती उसी में रही होगी, तभी तो उसी के साथ यह सब हुआ!

"सुनीता के पिता तक भी खबर पहुँची, लेकिन बेटी की मदद की कोई सूरत उसे समझ ही नहीं आई। पुलिस-थाने के चक्कर में वह पड़ना नहीं चाहता था, क्योंकि बेटी के गाँव की बात थी, अगर पुलिस-थाना का केस हो गया, तो गाँववाले उसके बेटी-दामाद को वहाँ जीने नहीं देंगे। उसे इस बात का भी भरोसा नहीं था कि पुलिस वाले उसकी बात सुनेंगे!

"इधर चापानल से पानी भरने में हो रही परेशानी के कारण सुनीता बांसवाड़ी के समीप के एक कच्चे कुएँ से पानी लाने लगी थी। हालाँकि वहाँ

से पानी लाने में थोड़ी परेशानी तो थी, पर वहाँ उसे कोई रोक-टोक नहीं करता था। कुआँ घर से दूर था एवं खेतों से होकर जाना पड़ता था। बरसात का मौसम शुरू हो गया था। कुएँ के आसपास फिसलन हो गई थी।

"एक दिन उसी कच्चे कुएँ में गिरने से सुनीता की मौत हो गई। कुछ लोग कहते हैं कि उसने खुद ही कुएँ में कूदकर जान दे दी थी। कुछ लोग कहते हैं कि कच्चे कुएँ में फिसलकर गिरने से मौत हो गई। राम जाने सत्य क्या है ? पर कहते हैं न साहब कि गर्भवती औरत की अकाल मृत्यु होने से वह चुड़ैल बन जाती है। सुनीता चुड़ैल बन गई साहब। जिन लोगों ने उसके साथ गलत किया था, उनमें से कइयों को उसने बांसवाड़ी में पकड़ा है।"

"कहीं ऐसा तो नहीं कि जिन लोगों ने गलत किया था, वे अब अपराध बोध से ग्रसित होकर इस तरह की बात कर रहे हैं या उन्हें कोई मानसिक समस्या हो गई हो ?" ज्ञान सिंह ने कहा।

"सो तो मैं नहीं जानता साहब। जो लोग कहते हैं, वही मैंने सुना है। लेकिन शाम होते ही अब कोई बांसवाड़ी की तरफ नहीं जाता।" चौकीदार अकलु राम ने कहा।

रात काफी बीत चुकी थी। चौकीदार ने ज्ञान सिंह से विदा ली।

ज्ञान सिंह काफी देर तक वहीं बैठे सोचते रहे।

'यह कैसा समाज है, जो हर हाल में स्त्री को ही कलंकित कर रहा है ? मर जाने के बाद भी स्त्री का चरित्र-हनन करने की कोशिश की जा रही है ? जिसे जीते-जी बेइज्जत किया, उसे मरने के बाद भी बदनाम कर रहे हैं। जीते-जी जिसे इनसान के रूप में इज्जत नहीं दी, उसे मरने के बाद चुड़ैल घोषित कर रहे हैं! यूँ तो गाँव के लोग बड़े भोले-भाले होते हैं, लेकिन स्त्रियों से व्यवहार करने के मामले में वे अत्यंत ही हिंसक हो जाते हैं।'

ज्ञान सिंह ने बांसवाड़ी की तरफ देखा। स्निग्ध चाँदनी में बाँस के पौधे हवा में झूल रहे थे। वे सोने चले गए, पर नींद उनकी आखों की चौहद्दी से दूर थी। वह थोड़ी देर तक करवटें बदलते रहे, फिर उठकर बैठ गए।

कहीं दूर किसी पंछी के बोलने की आवाज आ रही थी···टिट टिट टिट टिट।

वह उठे और बांसवाड़ी की तरफ चलने लगे। उन्होंने जाकर बांसवाड़ी का चक्कर लगाया। बाँस के पत्ते उनके सर और गालों को स्पर्श कर रहे थे। उन्हें यह स्पर्श अत्यंत प्यारा लगा। उन्हें लगा, कोई नन्ही बच्ची उन्हें स्पर्श कर रही है। सुनीता का रूपांतरण रिया के रूप में होने लगा। उनका अंतस्तल भीगने लगा। एक बच्ची के साथ कितना बुरा सलूक किया इस गाँव ने! उसे भी जीने का हक था, हँसने, गाने, खिलखिलाने का हक था! ज्ञान सिंह का मन द्रवित हो उठा। चुड़ैल दरअसल बांसवाड़ी में नहीं, बल्कि गाँववालों के दिमाग में है। अमीर के द्वारा गरीब के शोषण की बात होती है। बड़ों के द्वारा छोटों के शोषण की बात होती है, पर यहाँ तो सब एक तरह के ही लोग हैं! सभी गरीब हैं, फिर भी यह समाज कितना क्रूर है? ज्ञान सिंह को लगा कि वहाँ की हवा भारी हो रही है, उसका मन भारी हो रहा है। वह सुनीता की पीड़ा को महसूस करने लगे थे। सुनीता की पीड़ा, रिया की पीड़ा, समूचे देश की बच्चियों की पीड़ा एक सी ही तो है। सुनीता बिना किसी प्रतिरोध के हार गई। उसके लिए कोई नहीं लड़ा, कोई खड़ा नहीं हुआ। आगे भी न जाने कितनी सुनीताओं को ऐसे हालात का सामना करना पड़ेगा!

ठंडी हवा उनके बालों का स्पर्श करती रही। गाँव में कुत्तों के भौंकने की आवाज आने लगी थी–

भों भों भों···जैसे कुत्ते कह रहे हों कौन है, कौन है, कौन है··· ?

वह उठे और वापस आकर स्कूल के बाहर बैठ गए।

जीते-जी जिस सुनीता ने इनका कुछ नहीं बिगाड़ा, उससे अब मरने का बाद लोग डर रहे हैं। सोचकर ज्ञान सिंह के चेहरे पर अजीब से भाव उभर आए। जिंदा सुनीता से ताकतवर मरी हुई सुनीता! मुर्दा-ब-दस्त-जिंदा!

□

# 10

# उजड़े सफर में मेघ मल्हार

आज उसे फिर से काम करने में मन नहीं लगा। किसी तरह उसने अपनी ड्यूटी खत्म की एवं घर की ओर लौट पड़ा। आजकल उसके साथ अकसर ऐसा ही होता है। न किसी से बोलना, न बतियाना। चुपचाप अपना काम खत्म करके घर वापस आ जाना। किसी भी चीज में उसकी दिलचस्पी नहीं रह गई थी। सबकुछ अर्थहीन से लगने लगे थे। असंतोष और अतृप्ति का एक गहरा भाव उसके आसपास हवाओं में तैरता रहता था। वह उन्हें जितना ही झटकता, मुँह चिढ़ाते वे उतने ही उसके आसपास मँडराने लगते।

आज दोपहर से ही बादलों ने आसमान में डेरा डाल रखा है। शाम कुछ जल्दी आ गई मालूम पड़ती है। अभी साढ़े पाँच ही बजे हैं, पर चारों तरफ अँधेरा छा गया है। मौसम और उसके मन में अँधेरे की प्रतियोगिता चल रही है।

बारिश के आते ही शहर की बिजली व्यवस्था न जाने क्यों चरमरा जाती है ? हवा चली तो बिजली गुल, बारिश हुई तो बिजली गुल। आने जाने वाली गाड़ियों के हेड लाइट की रोशनी से ही रास्ता देखना पड़ रहा है। धीमी–धीमी वर्षा की फुहारें बरस रही हैं। उसका शरीर भीग रहा है। पर उसे मानो इन बातों से कोई फर्क ही नहीं पड़ता है। बारिश की बूँदे उसे भिगो नहीं रही हैं, वह जैसे प्लास्टिक का बना है। संवेदना से हीन।

उसको लगता है कि उसने जिंदगी के साथ एक जुआ खेला था, जिसमें शुरू में उसे लगा कि वह जीत रहा है, पर अब उसे लगता है कि वह हार गया है। यद्यपि यह जुआ खेलना भी उसने चुना नहीं था। उसने तो अपने लिए पसंद का काम और आनंद चुना था।

उसके जीवन से अब उत्साह सिरे से गायब हो गया है। घर से रेडियो स्टेशन और रेडियो स्टेशन से घर जाते हुए, वह एक आदमी कम और मशीन की तरह ज्यादा व्यवहार करता है।

चेहरे पर पहले सदैव जो एक मुस्कराहट कायम रहती थी, वह न जाने वक्त के किस गर्त में गुम हो गई थी। अपने काम को सर्वोत्तम करने की एक जिद, जो उसमें सदा से थी, कहीं खो गई थी।

कभी इसी रेडियो स्टेशन में उसने बहुत मन लगाकर काम किया था। उसे अपने काम में मजा भी बहुत आता था। जीवन में पैसे उसने भले कम कमाए थे, पर जॉब सैटिसफैक्शन उसे बहुत रहा था और इस बात से वह खुश रहा करता था। यही तो दरअसल उसकी कुल जमा पूँजी थी।

अभिनव बचपन से ही रचनात्मक अभिरुचि का व्यक्ति था, जिसके विभिन्न आयाम समय-समय पर अभिव्यक्त होते रहते थे। स्कूल के समय से ही उसने थिएटर में गंभीर रुचि ली थी, लेकिन साथ ही वह पढ़ाई में भी अच्छा था।

कॉलेज में होने वाले युवा महोत्सव में तो वह हीरो हुआ करता था। हालाँकि इसके बावजूद अकेडमिक रिजल्ट के मामले में भी वह कभी पीछे नहीं था।

उसे याद है कि कॉलेज की सबसे खूबसूरत लड़की शेफाली शर्मा जब कॉलेज में उसके एक मोनोलोग की प्रस्तुति से प्रभावित होकर उससे मिलने आई थी, तो उसने उससे सवाल किया था—"इतना सब करने के बावजूद पढ़ाई में भी तुम इतना अच्छा कैसे कर लेते हो अभिनव ?"

शेफाली…आह! आज भी जब यह नाम उसे याद आता है, तो दिल

के स्पंदन की गति तीव्र हो जाती है। क्रिएटिव काम में सदैव लगे रहने के कारण उससे मिलनेवालों या कहें उसपर मरनेवाले लड़कियों की कभी कोई कमी नहीं रही, परंतु शेफाली वाली फीलिंग फिर कभी नहीं आ पाई। वह एक अजीब आकर्षण था, एक अजीब कशिश थी।

अभिनव एक छोटे शहर का मध्यमवर्गीय परिवार से आनेवाला लड़का था, जिसके संस्कारों ने अपनी ही मर्यादा की सीमाएँ खींच रखी थीं। कई बार उसने सोचा भी कि उससे अपने दिल की फीलिंग्स शेयर करे, पर हमेशा यह सोचकर ठहर जाता रहा कि पता नहीं शेफाली उसके बारे में क्या सोचती है ?

शेफाली उसे जिद करके एक बार अपने घर ले गई थी। उसके पिताजी सरकारी अधिकारी थे। बड़ी सी कोठी, सरकारी गाड़ी, ड्राइवर। सब मिलाकर बहुत आकर्षक, ठाठ का जीवन।

"बेटा, शेफाली हमेशा तुम्हारी बातें किया करती है। पढ़ाई में जरा शेफाली की भी मदद कर दिया करो। शेफाली बता रही थी कि तुम पढ़ने में बहुत अच्छे हो।" शेफाली की माँ ने बोन चाइना के टी सेट से चाय परोसते हुए कहा था।

वह क्या कहे, वह समझ नहीं पाया था और मुस्कराकर रह गया था।

वह जानता था कि इसमें स्वयं का उसका कितना श्रम शामिल था। वह अन्य लड़कों की तरह इधर-उधर घूमने में समय नहीं गँवाता। थिएटर करता था और जो समय बचता था, उसमें पढ़ाई करता था।

एक बार जब 'राष्ट्रीय युवा महोत्सव' में विश्वविद्यालय की टीम चेन्नई गई थी, तो उसमें अभिनव एवं शेफाली दोनों भी गए थे। शेफाली के साथ यह टूर इतना खुशनुमा हो गया था कि चार दिनों का समय देखते-ही-देखते गुजर गया। जैसे अच्छी फिल्म देखते हुए समय का भान ही नहीं रहता और अंत में लगता है अरे! फिल्म खत्म हो गई। उस वक्त की खुशबू वह आज भी महसूस करता है।

मरीना बीच पर शेफाली के साथ बिताई गई शामें उसकी जिंदगी की सुनहरी यादें हैं। शेफाली की हर बात उसे कितनी अच्छी लगती थी। उसका बार-बार अपने चेहरे पर आ गई केश-राशि को झटककर पीछे करना, छोटी-छोटी बात पर खिलखिलाकर हँसना। उसका बेफिक्र, बेलौस अंदाज अभिनव को चुंबकीय आकर्षण से खींचता था। अभिनव जब उसके साथ होता था, तो समय मानो अपनी गति तीव्र कर देता था। जबकि वह चाहता था कि यह समय कभी शेष न हो। चेन्नई में आखिरी दिन शेफाली ने सफेद रंग की तांत की साड़ी पर काले रंग का ब्लाउज पहना था और उसपर कानों में सफेद रंग की ही लंबी झूलती बालियों ने जो अपूर्वरूप छवि बनाई थी, वह आज भी मन के किसी कोने में जस की तस बनी हुई है।

ट्रेन में वापस आते हुए दोनों का बर्थ एक ही बोगी में, लेकिन अलग-अलग कूपे में था। शेफाली आधे से ज्यादा समय उसके साथ उसके ही बर्थ पर बैठी रही थी। चेन्नई से उसके शहर का सफर मानों कुछ मिनटों में ही व्यतीत हो गया था।

इतना सब होने के बावजूद उसने कभी अपने दिल की बात शेफाली से शेयर नहीं की थी। शेफाली ने भी कभी खुलकर कुछ नहीं कहा।

देखते-ही-देखते कॉलेज का समय बीत गया था। कॉलेज के आखिरी वर्ष में जब सभी मित्र अपने आगामी जीवन को लेकर योजनाएँ बना रहे थे, तब वह अपने शहर के थिएटर ग्रुप को व्यवस्थित करने में लगा था। यह उसका श्रम ही था कि उसके ग्रुप ने एनएसडी में जाकर परफॉर्म किया था, जिसकी चर्चा बड़े अखबारों में भी की गई थी।

इसी बीच उसके अपने ही शहर में रेडियो उद्घोषक की बहाली के लिए आवेदन माँगे गए। अभिनव ने उसके लिए आवेदन कर दिया। इंटरव्यू हुआ और वह चुन लिया गया। दरअसल, इंटरव्यू लेनेवाले उसके काम से पहले से ही परिचित थे।

अपने ही शहर में रोटी का स्थायी इंतजाम हो गया था। रेडियो का

काम उसे अपनी रुचि के अनुरूप भी लगा था। इसलिए पूरी तन्मयता से अभिनव अपने काम में लग गया। उसके लिए यह केवल नौकरी नहीं, बल्कि अपनी रचनात्मक अभिरुचि को पूरा करने का अवसर भी था। अभिनव ने रेडियो के काम में पूरी तरह अपने आप को समर्पित कर दिया।

उसकी सधी हुई आवाज एवं वॉयस मॉड्युलेशन की कला उसे अन्य उद्घोषकों से अलग एवं विशिष्ट बनाता थी।

इसका परिणाम भी मिला। शीघ्र ही उसे दोपहर में आने वाले फरमाइशी गानों के कार्यक्रम 'खतों के बहाने' की प्रस्तुति का जिम्मा मिल गया।

अभिनव ने इस कार्यक्रम को अभूतपूर्व ऊँचाई प्रदान की।

इस कार्यक्रम की लगातार बढ़ती लोकप्रियता के साथ ही इसके प्रस्तोता एवं उद्घोषक के रूप में अभिनव की भी लोकप्रियता में बहुत वृद्धि हुई। अभिनव रेडियो का सबसे फेवरेट उद्घोषक बन गया था।

तब रेडियो घर-बाहर सभी जगह मनोरंजन का एक अच्छा साधन हुआ करता था। लोग खेत-खलिहानों में, घर में, दुकानों में, कल-कारखानों में भी रेडियो सुना करते थे।

कार्यक्रम की लोकप्रियता बढ़ने से रेडियो को प्राप्त होने वाले राजस्व में भी पर्याप्त वृद्धि हो रही थी। इस कार्यक्रम के लिए इतने विज्ञापन आते कि उन्हें मना करना पड़ता। रेडियो के तत्कालीन निदेशक भी अपने केंद्र की इस सफलता से गद्गद थे। वे कई बार अभिनव की तारीफ कर चुके थे।

अभिनव की सधी हुई भारी आवाज और कार्यक्रम पेश करने के चुटीले अंदाज की लड़कियाँ विशेष रूप से दीवानी थीं।

कॉलेज के कॉमन रूम में भी अभिनव के कार्यक्रम की चर्चा होती थी।

तब चिट्ठियों का जमाना था। कार्यक्रम के लिए आने वाली चिट्ठियों

के ढेर लग जाया करते थे। इसके अलावा सैकड़ों चिट्ठियाँ अभिनव के नाम से आती थीं।

अभिनव से मिलने के लिए अकसर लड़के-लड़कियाँ रेडियो केंद्र में आ जाते थे।

अकसर ऐसा होता था कि कार्यालय का गार्ड आकर सूचना देता, "सर, बाहर बहुत भीड़ हो गई है।"

"कैसी भीड़?"

"और कैसी भीड़ सर? यहाँ भीड़ किसके लिए आती है?" गार्ड मुस्करा देता।

बाहर आकर अभिनव देखता तो लड़के-लड़कियाँ का झुंड उससे मिलने के लिए खड़ा होता।

सब उससे मिलकर बहुत खुश होते। मानो किसी स्टार से मिल लिये हो! कोई ऑटोग्राफ लेता, तो कोई फोटो खिंचवाता।

अपने प्रशंसकों से मिलकर अभिनव को अपनी जिंदगी की सारी कमी पूरी हो गई लगती। वरना जब वह मुड़कर पीछे देखता था, तो उसे लगता था कि इस क्रिएटिविटी के चक्कर में उसने कितना कुछ खोया है!

आज उसके सारे मित्र अच्छी नौकरियों में चले गए हैं।

और शेफाली…?

कॉलेज से निकलने के बाद कॉलेज के मित्रों से कोई संपर्क नहीं रहा था। वह मोबाइल या सोशल साइट्स का जमाना तो था नहीं।

अगर आपके पास किसी का पत्राचार का पता हो, तो आप चिट्ठियाँ लिख सकते थे, वरना संपर्क का कोई साधन नहीं था। शेफाली के पिताजी का तबादला तब दिल्ली हो गया था। शेफाली भी दिल्ली में रहकर आगे की पढ़ाई करने लगी थी।

बहुत बाद में अभिनव को पता चला था कि शेफाली ने यूपीएससी की

परीक्षा क्लियर कर ली थी।

तब अभिनव के दिल में एक हूक सी उठी थी, अगर वह भी मेहनत करता और उस दिशा में चलता, तो उसके लिए भी कोई अच्छी बड़ी नौकरी बहुत दूर की कौड़ी नहीं थी!

खैर, यूपीएससी नहीं हुआ तो क्या, वह तो अपने काम से खुश है। अंततः एक आदमी को जिंदगी में क्या चाहिए? खुशी ही न···और वह अपने काम से खुश है।

उसे जो काम अच्छा लगता था, वह कर रहा है और बेहतरीन ढंग से कर रहा है।

खाने के लिए रोटी और पहनने के लिए कपड़ों की कमी नहीं है। सबसे बड़ी बात है कि अपने ही शहर में अपने परिवार, समाज के बीच रहकर वह जीवनयापन अच्छे से कर पा रहा है।

हालाँकि, तब उसे इस बात का बुरा भी लगा था कि शेफाली ने उसे अपनी सफलता के बारे में सूचित करना भी उचित नहीं समझा था। उसे तो शेफाली का पता-ठिकाना पता नहीं था, पर शेफाली को तो उसका पता था। वह तो अपने ही शहर में, अपने पुराने घर में ही था।

जब उसे शेफाली के सिविल सर्विसेस पास करने की खबर लगी थी, तब उसने एक बार हिम्मत करके शेफाली के ट्रेनिंग सेंटर वाले पते पर एक पत्र लिखा था। पत्र में कुछ खास नहीं था। ऐसे ही सामान्य शिष्टाचार की बातें एवं खैरियत की जानकारी माँगी गई थी। पत्र लिखने के कुछ दिनों के उपरांत ही उसे शेफाली का पत्र प्राप्त हुआ था, जिसमें उसे पत्र नहीं लिखने की ताकीद दी गई थी। शेफाली ने लिखा था कि पत्र आने से सेंटर में बदनामी होती है।

अभिनव को कुछ समझ नहीं आया। उसके पत्र लिखने से कैसी बदनामी हो सकती है? उसने तो ऐसा कुछ नहीं लिखा था। क्या सेंटर में किसी को कोई पत्र नहीं लिखता है? पर वह किससे पूछता?

'खतों के बहाने' कार्यक्रम में तो अभिनव के प्राण बसते थे। कार्यक्रम के दिन वह सुबह से ही कार्यक्रम की तैयारी शुरू कर देता। हजारों चिट्ठियों में से बहुत ही मेहनत से कार्यक्रम में शामिल करने के लिए कुछेक वैसी चिट्ठियाँ छाँटता, जिसकी विषय-वस्तु दिलचस्प होती। यह एक बहुत ही श्रमसाध्य काम होता था। साथ ही कार्यक्रम को दिलचस्प बनाने के लिए कुछ लतीफे, शेरो-शायरी एवं कुछ अच्छी कविताओं की पंक्तियाँ भी नोट कर लेता।

इतने सालों से कार्यक्रम देने के बावजूद, अभिनव अपने कार्यक्रम में कोई कोताही नहीं करता था। वह मानता था कि एक जरा सी भूल पूरे कार्यक्रम की प्रस्तुति खराब कर सकती है।

"कैसे हैं मिस्टर अभिनव?" ऑफिस पहुँचने के साथ ही दरवाजे पर मिल गई मिस निमि ने पूछा।

कुछ कार्यक्रमों में मिस निमि उसकी सह-प्रस्तोता रहती थी। 'खतों के बहाने' भी अभिनव की अनुपस्थिति में वह कभी-कभी प्रस्तुत किया करती थी।

"मैं एकदम फर्स्ट क्लास हूँ, मैडम, आप बताइए?"

"मैं भी अच्छी हूँ। जिस दिन 'खतों के बहाने' होता है, आपके चेहरे की चमक देखने लायक होती है, बाइ द वे।" निमि ने मुस्कराते हुए कहा।

मिस निमि की नव पदस्थापित डायरेक्टर से आजकल काफी छन रही थी। पीठ पीछे सभी लोग इस बात की चर्चा करते।

जब से नए डायरेक्टर आए थे, कई लोग उनकी चमचई में लगे थे। बनर्जी बाबू और सिंहजी, तो डायरेक्टर साहब के घर की भी पूरी देखभाल कर रहे थे।

साहब के नए घर में क्या चाहिए, क्या घटा-बढ़ा है, सब इंतजाम हुलस-हुलस के कर रहे थे। मिस निमि भी साहब का पूरा खयाल रख रही

थी। साहब अभी अकेले थे, तो दोपहर का भोजन भी मिस निमि लेकर आ जाती थी।

साहब मना भी करते—"नो नो मिस निमि···प्लीज, डोंट डू दिस, आई विल मैनेज।"

"नहीं सर, ये तो हमारा सौभाग्य है···ये तो हमारे संस्कार हैं सर। आप हमारे शहर में बाहर से आए हैं। हम तो वसुधैव कुटुंबकम् में विश्वास रखते हैं।" मिस निमि मुस्कराते हुए कहती।

जब से नए साहब आए थे, मिस निमि की लिपिस्टिक का रंग गहरा हो गया था।

आने के कुछ दिनों के बाद डायरेक्टर साहब ने एक समीक्षा बैठक की। समीक्षा बैठक में अभिनव के कार्यक्रम 'खतों के बहाने' की रिपोर्ट से वे बड़े प्रभावित हुए।

"अभिनव का कार्यक्रम तो काफी लोकप्रिय है, क्यों मिस्टर सिंह?" डायरेक्टर साहब ने सिंहजी से पूछा।

"हाँ है तो सर, लेकिन इसमें अभिनव का क्या योगदान है?" सिंहजी ने कहा था।

"तो फिर किसका योगदान है?"

"ये तो कार्यक्रम और उसके टाइमिंग की बात है, अभिनव की जगह कोई ईंट पत्थर भी बैठा दीजिए तो कार्यक्रम उतना ही लोकप्रिय रहेगा।"

"अच्छा!" डायरेक्टर साहब ने आश्चर्य से कहा।

मौका मिलते ही बनर्जी बाबू ने डायरेक्टर साहब के कान फूँक दिए।

"अभिनव का कद उसकी औकात से बड़ा हो गया है सर। देखते नहीं हैं, उससे मिलने लड़के-लड़कियों के झुंड के झुंड आते हैं। अपने आप को बड़ा स्टार समझता है।"

"कार्यक्रम रेडियो का और हीरो ये साहब बन गए हैं। यहाँ दूसरे भी

तो अनाउंसर हैं, उससे सीनियर, उससे काबिल। उनको भी अगर मौका मिले, तो वे इससे अच्छा प्रोग्राम करके देंगे।"

"हाँ हाँ···अगर ऐसा है तो सबको मौका मिलना चाहिए।" डायरेक्टर साहब ने कहा।

अगले ही दिन अभिनव के पास डायरेक्टर साहब का बुलावा आ गया था। अभिनव ने सोचा कि उसके अच्छे कार्यों के लिए पूर्व के डायरेक्टरों की तरह नए डायरेक्टर भी उसकी तारीफ ही करेंगे।

"मे आई कम इन सर?" अभिनव ने डायरेक्टर का दरवाजा खटखटाकर पूछा।

"हाँ-हाँ, अभिनव आओ, कैसे हो? तुम्हारे कार्यक्रम की बहुत तारीफ सुनी है," डायरेक्टर साहब ने कहा।

"थैंक यू सर, थैंक यू वेरी मच। मैं अपना बेहतरीन देने की कोशिश करता हूँ।" अभिनव ने मुस्कराते हुए कहा।

"हाँ, सो तो है। मिस्टर अभिनव, मैंने तय किया है कि "खतों के बहाने" कार्यक्रम को अब बारी-बारी से सभी अनाउंसर प्रस्तुत करेंगे। मैंने एक रोस्टर बना दिया है, इसे देख लीजिए। आपको कोई परेशानी तो नहीं?" डायरेक्टर साहब ने पूछा।

यद्यपि डायरेक्टर साहब पूछ रहे थे कि आपको कोई परेशानी, तो नहीं पर अभिनव समझ चुका था कि इसमें अनुरोध नहीं, बल्कि आदेश है। उसके पास इससे असहमत होने का कोई विकल्प नहीं है।

"नहीं सर, मुझे क्या परेशानी होगी? आप जैसा उचित समझें।"

अगले सप्ताह 'खतों के बहाने' को प्रस्तुत किया मिस निमि ने और उसके बाद सिंहजी, बनर्जी बाबू तथा अन्य अनाउंसर्स ने।

बारी अभिनव की भी आई, पर अभिनव में अब वो पहले वाला उत्साह नहीं रहा था। अभिनव के लिए अब यह उसका कार्यक्रम नहीं था।

बस अनेक कार्यक्रमों में से एक कार्यक्रम था।

धीरे-धीरे कार्यक्रम की लोकप्रियता घटती चली गई। रेडियो स्टेशन में आए हुए खत अभिनव का मुँह चिढ़ाते रहते।

जिस कार्यक्रम को अभिनव ने अपने प्राणों से सींचा था, आज उसकी बेलें मुरझा रही थीं।

बारिश थम चुकी थीं। लेकिन सड़क पर पड़े गड्ढों में पानी भरा हुआ था। अँधेरे में अभिनव का पैर अचानक से गड्ढे में चला गया। अभिनव गिरते-गिरते बचा। जिंदगी के रास्ते भी ऐसे ही अँधेरे गड्ढे भरे हैं, कब पैर चला जाए पता ही नहीं चलता। अभिनव ने सोचा और मुस्करा दिया। उसे अपना मुस्कराना अच्छा लगा। घर तक पहुँचते-पहुँचते बिजली आ गई थी।

घर पहुँचकर वह सोफे में धँस गया। सामने आज का अखबार खुला था। उसने अखबार उठा लिया। एक जगह उसकी आँखें ठहर गई—

'शेफाली शर्मा बनी शहर की नई आयकर आयुक्त' अखबार में सामाचार था।

उसने आँखें बंद कर लीं, अखबार रख दिया।

थोड़ी देर में उसकी छोटी बेटी ने उसे झकझोरकर उठाया, "पापा-पापा देखो मैंने और मेरे दोस्तों ने आपके कार्यक्रम 'खतों के बहाने' के लिए चिट्ठी लिखी है। प्लीज, हमारे पसंद के गाने सुना देना।"

अभिनव को लगा उजड़े सफर में कोई मेघ मल्हार गा रहा हो। उसके चेहरे पर मुस्कान आ गई।

□

# 11

# इज्जत

घर के बाहर सूरज आग बरसा रहा था। गर्म लू के थपेड़े चेहरे को झुलसा रहे थे। हवा साँय-साँय करती हुई चल रही थी। लेकिन प्रशांत के लिए घर के वातावरण की तपिश बाहर के वातावरण से ज्यादा मालूम पड़ने लगी थी और इसलिए इस गर्म दोपहरी में वे घर से बाहर निकल आए थे।

प्रशांत ने चाहा कि अपने दोनों कानों को कसकर बंद कर लें। लेकिन बाहर खुले में ऐसा करना उन्हें ठीक नहीं लगा। गरमी के कारण सड़क पर इक्का-दुक्का ही लोग नजर आ रहे थे, वे भी वैसे लोग थे, जिन्हें बाहर निकलने की मजबूरी थी। वरना लोग अपने घरों के या अपनी दुकानों के भीतर बैठे थे। दुकानदारों ने दुकान के बाहर परदा या तिरपाल जैसा टाँग रखा था, जिससे गरम हवा-धूप से बचाव हो सके। चौराहे पर पीपल के पेड़ के नीचे ठंढा पानी बेचनेवाले ने ठेला लगा रखा था, जिसके पास थका-माँदा कोई यात्री खड़े होकर अपनी प्यास बुझा रहा था।

इतनी गरमी में वे कहाँ जाएँ, यह सोचे-विचारे बिना सीधी राह पर बढ़े चले जा रहे थे। देह पसीने से तर-ब-तर हो रही थी और मन क्रोध और खीझ से सुलग रहा था। जब थोड़ी दूर चलकर हाई स्कूल भी पार हो गया, तो गुलमोहर के एक वृक्ष के नीचे पुलिया के किनारे वे बैठ गए।

अभी वे वहाँ बैठे ही थे कि पुलिया के नीचे से एक लड़का और

लड़की बाहर निकले। शायद इनके वहाँ बैठने की आवाज सुनकर वे बाहर निकल आए थे। उनके क्रिया -कलाप में बाधा पहुँची थी।

'ये यहाँ क्या कर रहे थे? संस्कारहीन, बदमाश...प्रशांत की खीझ थोड़ी और बढ़ गई थी। माँ-बाप, परिवार की इज्जत की कोई परवाह ही नहीं इन्हें', प्रशांत भुनभुनाने लगे।

दोनों लड़का-लड़की उनको देखे बिना गरमी को मुँह चिढ़ाते हुए शहर की दिशा में चले गए।

जीवन भी मौसम की तरह ही सर्द-गरम चलता रहता है, हम अपनी ओर से विपरीत अवस्थाओं को टाल देने की भरसक कोशिश करते हैं, पर ऐसा भला कहाँ होता है? छोटे से कस्बे विश्रामगंज में प्रशांत एक समृद्ध व्यवसायी थे एवं कई पीढ़ियों से उनका परिवार वहीं बसा था। अवंतिका एवं अंशुमान दो बच्चों के पिता प्रशांत का पारिवारिक जीवन आज तक आराम से ही बीता था। वे स्वयं पढ़े-लिखे व्यक्ति थे एवं अपने बच्चों को भी पढ़ाने-लिखाने पर उनका पूरा जोर रहा था। बेटा और बेटी में उन्होंने कोई अंतर कभी नहीं माना। बेटी का लालन-पालन उन्होंने बेटे से बढ़कर ही किया था।

यही वजह थी कि बेटी अवंतिका अच्छे इंजीनियरिंग कॉलेज से इंजीनियरिंग एवं एमबीए करने के बाद एक बड़ी कंपनी में काम कर रही थी। वह फिलहाल बंगलोर में रहती थी। बेटा गौरव, जो दोनों बच्चों में बड़ा था, वह भी अच्छी नौकरी में लगा था। बेटे की शादी की बात चल रही थी और प्रशांत शीघ्र ही उसकी शादी अपने समाज में किसी अच्छे घर-खानदान में करके एक अच्छे पिता का अपना कर्तव्य पूरा कर देना चाहते थे।

प्रशांत की जिंदगी की कहानी में यहाँ तक, तो सबकुछ आदर्श स्थिति में था, लेकिन कहानी में ट्विस्ट इस बात से आया कि कहीं से उन्हें पता चला कि बेटी अवंतिका बंगलोर में किसी लड़के के साथ रह रही है।

किसी लड़के के साथ बिना शादी के! यह प्रशांत के लिए उनकी

सारी पढ़ाई लिखाई और ऊँचे आदर्शवादी विचारों के बावजूद अप्रत्याशित था और यह अप्रत्याशित था परिवार के सभी लोगों के लिए। दरअसल, यह अप्रत्याशित तो था पूरे समाज के लिए, लेकिन प्रशांत चाहते थे कि यह खबर नहीं फैले। लेकिन होता ऐसा है कि जो खबर आप चाहते हैं कि नहीं फैले, वही खबर सबसे ज्यादा फैलती है। जिस स्रोत से खबर आई थी, उसी स्रोत ने दूसरे लोगों को बताया एवं इसके बाद तो मुहल्ले की चाचियों, दीदियों के लिए चटखारे लेकर कहने वाली बात बन गई। परिवार ने माना कि उनकी पीढ़ियों की प्रतिष्ठा सरे-राह चकनाचूर हो गई है। अवंतिका को माँ की गंभीर बीमारी का संदेश देकर तुरंत ही बुलवाया गया था।

परिवार के लिए बड़ा झटका तब लगा, जब अवंतिका ने बिना किसी लाग-लपेट के यह बात स्वीकार भी कर ली कि वह बंगलोर में शांतनु दत्त नाम के लड़के के साथ, जो उसी की कंपनी में काम करता है, रहती है। उसने साथ में यह भी जोड़ा कि लड़का बहुत अच्छे स्वभाव का है एवं उससे ज्यादा कमाता है।

"शांतनु दत्ता यानी बंगाली?" अवंतिका की माँ शालिनी ने पूछा।

"दत्ता नहीं, दत्त है और बिहारी है।"

"क्या तुम उससे शादी करने वाली हो?"

"अभी तक फाइनली नहीं सोचा है। सब ठीक रहा तो कर भी सकती हूँ।" अवंतिका के द्वारा कहा गया।

"और सब ठीक नहीं रहा तो? हे भगवान्! ये कैसे संस्कार हो गए हैं, लड़की के?" शालिनी ने सर पीटते हुए कहा।

"ठीक नहीं रहा, तब नहीं करूँगी।" अवंतिका ने सपाट भाव से उत्तर दिया।

"जिसके साथ सब ठीक न रहे, उसके साथ शादी करके तो नहीं रहा जा सकता है न मम्मी?"

"और हमारे परिवार की इज्जत के बारे में क्या सोचा है? हम सब समाज में सर उठाकर कैसे जिएँगे? हम लोग सब क्या जहर खा लें?" प्रशांत उत्तेजित हो गए।

"इसमें परिवार की इज्जत कैसे चली जाएगी, ये मैं नहीं समझ पा रही हूँ। मैं कोई गलत काम तो नहीं कर रही हूँ? मैं कोई चोरी, डकैती, हत्या, भ्रष्टाचार जैसे कार्य तो नहीं कर रही, किसी के साथ रहने से इज्जत कैसे चली जाती है? दो लड़के अगर साथ रहें तब तो इज्जत नहीं जाती है! लेकिन एक लड़की और लड़का साथ रह लें, तो इज्जत चली जाती है, स्त्री किसी के साथ हँस-बोल ले, किसी के साथ घूम-टहल ले, तो समाज में पुरुषों की इज्जत कम हो जाती है। पुरुषों ने अपनी इज्जत का भार समाज में स्त्रियों के कंधे पर रख दिया है। यह कितनी हैरत की बात है?" अवंतिका ने कहा था।

"समाज का ऐसा ही नियम है बेटे, स्त्री को कुछ मर्यादाओं का पालन करना होता है। बिना मर्यादा के समाज की गाड़ी बेपटरी हो जाएगी। सदियों से इन्हीं परंपराओं का पालन समाज में हो रहा है।" शालिनी ने समझाया।

शालिनी यद्यपि पढ़ी-लिखी, पर परंपराओं एवं प्रचलित सामाजिक मान्यताओं में यकीन करनेवाली एक सामान्य भारतीय घरेलू महिला थी, जो अपने परिवार के कल्याण के सिवा कुछ नहीं सोचती, लेकिन यह कल्याण, वह स्थापित मान्यताओं की परिधि के भीतर ही सोच पाती थी, जिसके बाहर भी कुछ अच्छा हो सकता है, ऐसा सोचना भी उसके लिए असंभव था।

"लेकिन ये मर्यादाएँ तय किसने की हैं, पुरुषों ने ही न? स्त्री-पुरुष के सहवास में दोनों की बराबर की ही भागीदारी होती है, तो फिर इज्जत केवल स्त्री की वजह से क्यों चली जाती है? आज तक स्त्रियाँ पुरुषों के अधीन रहती आई थीं, उसे दो रोटी और एक जोड़ी कपड़े के लिए भी पुरुषों की कमाई पर निर्भर रहना पड़ा था। इसीलिए पुरुषों ने जैसी मर्यादाएँ स्थापित कीं, जैसा कुछ सोचा, कहा, स्त्रियों के लिए, वही नियम बन गए। लेकिन

अब, समय बदल गया है। स्त्रियाँ अब पुरुषों की मुखापेक्षी नहीं हैं। वह अब स्वाबलंम्बन की जमीन पर दृढ़ता से खड़ी अपने नियम स्वयं बनाना जानती हैं। बेमेल शादी से दो लोग की जिंदगी नर्क हो जाए, यह तो अच्छा नहीं है।" अवंतिका अपनी बात पर अड़ी थी।

अवंतिका की इसी बात पर प्रशांत उखड़ गए थे और घर से बाहर आ गए थे।

"अब तो इस लड़की से कोई बात करना ही संभव नहीं है। चार पैसे कमाने क्या लगी, बाप से ही बहस करने लगी है। बहस भी कैसी अमर्यादित भाषा में कर रही है! पढ़ने-लिखने का अर्थ संस्कार भूल जाना तो नहीं होता? ऐसा लगता है, हम पढे-लिखे ही नहीं। अरे! हमने भी दुनिया देखी है। आज तक क्या सारी शादियाँ बेमेल ही होती रही हैं? आज तक सबका जीवन क्या नर्क ही होता रहा है?"

प्रशांत जब घर से बाहर निकले, तो उन्हें लग रहा था कि समूचे बाजार को उनकी बेटी की बात पता चल गई है और बाजार के सारे लोग उन्हीं को देख रहे हैं। इससे तो अच्छा होता कि मौत आ जाती! एक बार को उनके जी में आया कि ऐसी बेटी से बिना बेटी के भला!

चलते-चलते उन्हें प्यास लगी, तो बनवारी हलवाई की दुकान पर ठहर गए थे। बनवारी से उनका वर्षों का राब्ता था। छोटे से कस्बे की यही तो खासियत होती है कि हर व्यक्ति हर किसी को जानता है। बनवारी ने प्रशांत को मुस्कराते हुए राम-राम कहा। आज उसकी मुस्कराहट प्रशांत को अत्यंत कुटिल लगी थी।

ऐसा लगता है, मानो सारे शहर को खबर हो गई! सब मजे ले रहे हैं।

उधर शालिनी बेटी को समझाने में लगी थी। "समाज में बेटियाँ शीशे के बरतन की तरह होती हैं, एक बार चटक जाए, तो लाख जतन करो, नहीं जुड़ती। अगर जुड़ भी जाए, जुड़ने के दाग रह जाते हैं।"

"और बेटे किस चीज के बरतन की तरह होते हैं मम्मी?" सोने के,

जो टूट भी जाए तो उसकी कीमत मिल जाती है ?" अवंतिका ने तुर्की-ब-तुर्की प्रश्न जड़ दिया था।

इसी बीच प्रशांत के छोटे भाई की पत्नी निर्मला भी आकर अवंतिका को समझाने लगी। निर्मला की उम्र कम थी और उसका व्यवहार अवंतिका के साथ दोस्ताना था। "अवंतिका, जरा सोचो कि जिस लड़के के साथ तुम रह रही हो, उससे अगर तुम्हारी शादी नहीं हुई, तो तुमसे फिर कौन लड़का शादी करेगा ?"

"चाची, प्रॉब्लम यही है कि लड़का-लड़की से शादी करता आया है, क्योंकि लड़की आर्थिक रूप से उसपर-निर्भर रही है। जितना लड़का, लड़की से शादी करता है, उतना ही लड़की भी तो लड़के से शादी करती है। लेकिन समाज कभी नहीं कहता कि लड़की ने लड़के से शादी की है। मुझसे कोई लड़का शादी तभी करेगा, जब मैं उससे शादी करूँगी। शादी लड़के और लड़की के बीच का एक परस्पर जुड़ने वाला संबंध हैं। लड़की कोई गठरी नहीं, जिसे लड़का उठाता है।"

"देखो बेटे हमारे बड़े-बुजुर्गों ने कुछ सोच-समझकर ही स्त्रियों के लिए कुछ मर्यादाएँ सुनिश्चित की होंगी।"

"चाची, आप तो पढ़ी-लिखी हैं। जानती हैं, सारी समस्या की जड़ क्या है ? सारी समस्या की जड़ है, स्त्री यौनिकता। स्त्री सहवास के उपरांत गर्भ धारण कर सकती है और पुरुष नहीं। दूसरी बात है कि स्त्री के शरीर को और विशेषत: स्त्री योनि को पुरुष अपनी संपत्ति मानता है, जिसे वह किसी के साथ शेयर नहीं करना चाहता है। अगर स्त्री गर्भ नहीं धारण करे, तो उसके शारीरिक गठन में कोई फर्क नहीं आता। फिर चाहे वह किसी के साथ रहे, क्या अंतर पड़ता है ?"

निर्मला उठकर जा चुकी थी।

बाहर गरम लू के थपेड़े थककर हाँफने लगे थे और उनकी जगह थोड़ी नर्म हवा ने ले ली थी। दिन ढ़लने लगा था। लोग, जो अब तक घरों

में दुबके थे, धीरे-धीरे अपने काम-काज को लेकर बाहर निकलने लगे थे।

प्रशांत शाम को थके-हारे घर लौटने लगे, तो रास्ते में मित्र महावीर ने आवाज देकर अपनी दुकान पर बुला लिया।

"बड़े थके और उदास दिखाई दे रहे हो। कहाँ से आ रहे हो और कहाँ जा रहे हो?" मित्र महावीर ने पूछा।

प्रशांत की कुछ बोलने की इच्छा नहीं हुई।

इस बीच महावीर ने चाय मँगवा ली थी। साथ ही कुछ मिठाई भी लाने को कह दिया था।

प्रशांत और महावीर का दु:ख एक सा ही है। अभी कुछ महीने पूर्व ही तो महावीर की बेटी अंकिता ने दूसरे समाज के लड़के से दिल्ली में शादी कर ली थी।

कितनी थू-थू हुई थी महावीर की।

महावीर उसकी ही जाति के थे और समाज के अध्यक्ष भी थे। कई हफ्तों तक तो महावीर ने अपनी दुकान भी नहीं खोली थी।

इन बच्चों के चलते माँ-बाप को क्या-क्या दु:ख देखने पड़ते हैं। बच्चों को लेकर माँ-बाप क्या-क्या सपने देखते हैं, और ये बच्चे!

प्रशांत ने पहले सोचा, महावीर से पूछ ले कि उसकी बेटी के क्या हाल हैं? लेकिन फिर सोचा कि क्यों किसी का दिल दुखाया जाए? जो गति महावीर की, वही तो उसकी भी होने वाली है, वे यही सोचकर चुप रहे।

लेकिन बात महावीर ने ही शुरू कर दी—

"प्रशांत भाई, एक गुड न्यूज है, आप मित्र हैं, आपसे शेयर करना चाहता हूँ।"

"हाँ, बताइए" प्रशांत ने उत्सुकता से कहा।

"मेरी बेटी और दामाद दोनों ने पीसीएस की परीक्षा पास कर ली है। अब दोनों एसडीएम लगेंगे।"

"यह तो बड़ी अच्छी बात हुई," हठात् प्रशांत के मुँह से निकला।

महावीर के चेहरे से खुशी का नूर छलक रहा था।

"यह तो वाकई गौरव की बात है महावीर भाई। समाज का नाम रोशन कर दिया है बिटिया ने।"

"हाँ भाई और दामादजी ने भी।" महावीर ने गर्व से कहा।

वहाँ आसपास बैठे लोग भी महावीर को श्रद्धा से देख रहे थे।

इसी बीच प्रशांत का फोन बजने लगा। देखा, घर से पत्नी का फोन था। पर उनका मन फोन उठाने का नहीं हुआ। लेकिन फोन था कि बार-बार बजे ही जा रहा था।

जब फोन कई बार बजता रहा, तो महावीर ने कहा कि "प्रशांत भाई, फोन उठा क्यों नहीं लेते?"

उधर से पत्नी की आवाज थी, "कहाँ हैं, इतनी देर से फोन लगा रही हूँ? जल्दी घर आइए, अवंतिका बंगलोर वापस जाना चाहती है।"

अवंतिका ने अपना सामान बाँध लिया था।

"सॉरी पापा, मेरे चलते आपको दुःख पहुँचा। पर यह सब एक स्टेट ऑफ माइंड है। कोई किसी लड़के के साथ रहता है या लड़की के साथ रहता है, इससे ज्यादा फर्क नहीं पड़ता। दरअसल, फर्क इस बात से पड़ता है कि कैसे इनसान के साथ रहता है।

"तुम ठीक कहती हो बेटी। सब समय और सफलता की बात है। अगर हम सफल होते हैं, तो समाज हमारे हर काम का समर्थन करता है और उसी को दृष्टांत एवं मापदंड के रूप में प्रयोग करता है, पर असफल लोगों के लिए यह समाज अत्यंत क्रूर है। तुम वही करो, जो तुम्हारा मन करे।"

□

# 12

# सतयुग का आगमन

आज मैं जो कहानी आपको सुनाने जा रहा हूँ, वह एक चोर की कहानी है। आप सोचेंगे चोर का चरित्र भी क्या कोई आदर्श चरित्र होता है, जिसकी कहानी कही जाए? लेकिन सच तो यह है कि चोर भी हमारे समाज का एक महत्त्वपूर्ण हिस्सा होता है। हम सभी में कहीं-न-कहीं एक चोर छुपा बैठा होता है। चोर बनना केवल स्वभाव और चरित्र का विषय न होकर परिस्थितियों और चुनाव की भी बात होती है। मैं जिस चोर का किस्सा आपको सुनाऊँगा, उसका नाम है अबस। आपको लगेगा यह कैसा नाम है, जिसका कोई अर्थ नहीं, जिससे उसके जाति, धर्म, मजहब का कुछ पता ही नहीं चलता? तो आप जान लीजिए ऐसा मैंने जानबूझकर किया है। नाम तो मैंने अ ब स रखा था, लेकिन ये तीनों वर्ण आपस में मिलकर एक हो गए।

आइए, कहानी की ओर चलते है। अबस एक चोर था, लेकिन वह कोई खानदानी चोर नहीं था। जी, आपने सही सुना, खानदानी चोर! चोर खानदानी होते हैं? बिल्कुल होते हैं। जो पीढ़ी-दर-पीढ़ी चोरी का काम करते हैं और बड़े सिद्धहस्त होते हैं, उनके यहाँ चोर बनना कोई अपमान की बात नहीं होती। कुछ लोग तो कई पीढ़ियों से सरकारी धन की चोरी कर रहे हैं और समाज में बड़े प्रतिष्ठित हैं। कुछ लोग तो चोरी करने के लिए जनता के द्वारा चुने जाते हैं। कुछ लोग तो चोरी का काम न करें, तो यह

माना जाएगा कि उन्होंने अपने परिवार की प्रतिष्ठा का हनन किया है! तो मैं कह रहा था कि अबस कोई खानदानी चोर नहीं था। उसके चोर बनने की कहानी एक संयोग से शुरू हुई थी।

अबस का बाप पियक्कड़ था, पर चोर नहीं था। वह उसकी और उसकी माँ की पिटाई करता था, पर चोरी नहीं करता था। इस बात के लिए उसकी माँ समाज में गर्व से सर उठाकर कहती थी कि अबस का बाप पियक्कड़ है, पर चोर नहीं है। उसकी बस्ती के लोग भी इस बात से सहमत थे कि हाँ! अबस का बाप पियक्कड़ है, पर चोर नहीं है। वह भूखा मर जाएगा, पर चोरी नहीं करेगा। चोर नहीं होना, उसके पियक्कड़ होने, कामचोर होने एवं पत्नी को पीटने के अवगुणों को छुपा लेता था।

लेकिन अबस चोर बन गया था। पर जिस पहली चोरी का इल्जाम अबस पर लगा था, उसने दरअसल वह चोरी की ही नहीं थी। उस समय उसकी उम्र केवल दस वर्ष की थी और अपने बाप से बुरी तरह पीटे जाने के बाद वह कहीं भाग जाने के उद्‌देश्य से स्टेशन पहुँचा था। वह स्टेशन तो आ गया था, लेकिन उसे समझ नहीं आ रहा था कि कहाँ जाए? इसलिए स्टेशन पर ही इधर-उधर घूमकर समय काटता रहा। उस समय उसे ध्यान ही नहीं था कि जिन पैरों से वह घूम रहा है, उनके ऊपर एक पेट भी है, जिसे समय-समय पर खाना चाहिए होता है, वरना पैर काम करना बंद कर देते हैं!

थोड़ी देर इधर-उधर घूमने के बाद वह थक गया और उसे भूख भी लग गई। वहीं उसने एक केलेवाले से केले माँगे। पर बिना पैसे के केलेवाला भला केले क्यों देता? भूख जब ज्यादा बढ़ गई, तो उसने इधर-उधर जाकर भीख माँगने की कोशिश की। लेकिन भीख माँगना उतना आसान नहीं है, जितना हम समझते हैं। भीख माँगना भी एक कला है। ठीक वैसे ही, जैसे अभिनय एक कला है। सामनेवाले की संवेदना को द्रवित किए बिना भीख मिलना संभव नहीं है। वह ठहरा बिल्कुल अनाड़ी। एक-दो बार दुत्कार

दिए जाने से वह उदास एवं परेशान हो गया। इसके अतिरिक्त प्लेटफॉर्म पर भीख माँगनेवालों की गैंग थी। गैंग के भिखारियों ने उसे वहाँ से ठीक वैसे ही खदेड़ दिया, जैसे अपने इलाके में घुस आए कुत्ते को उस इलाके के कुत्ते खदेड़ देते हैं। वह भागकर प्लेटफॉर्म के दूसरे किनारे में जाकर बैठ गया। प्लेटफॉर्म पर उसे एक बात बड़ी अच्छी लगी कि वहाँ मुफ्त में पानी पीने की सुविधा थी। जगह-जगह पानी के नल लगे थे। उसकी बस्ती में पानी की बड़ी किल्लत थी। पानी का एक ही नल था, जिसमें दो टाइम पानी आता था। पानी लेने के लिए रोज ही वहाँ मारा-मारी मची रहती थी। उसने सोचा कि काश! पानी की ऐसी ही व्यवस्था उसकी बस्ती में भी हो जाती! उसने भूख मिटाने के लिए पानी पी लिया। थोड़ी देर के लिए भूख शांत हो गई। उसे पहली बार पानी की जादुई शक्ति का अहसास हुआ। लेकिन जादू का प्रभाव तो अस्थायी होता है। पानी से अगर भूख मिट सकती, तो संसार में इतने फसाद न होते! भूख मिटाने के लिए तो भोजन चाहिए। वह थोड़ी देर के बाद फिर उसी केलेवाले के पास गया। केलेवाले ने उसे केले दे दिए और कहा कि अगर पैसे नहीं हैं, तो उसका काम करना पड़ेगा। गरीब का बच्चा काम से कब घबराता है, और खासकर जब भूखा हो? वह काम करने के लिए सहर्ष राजी हो गया।

"जो काम बोलूँगा, करोगे?" केलेवाले ने करार करा लेने के उद्देश्य से पूछा।

उसने सहमति में सर हिलाया।

केलेवाला उसे प्लेटफॉर्म के एकदम से सुनसान पड़े एक कोने में ले गया, जो रेलवे का परित्यक्त यार्ड था। उसने वहाँ उसे जो काम करने के लिए कहा, वह करने के लिए वह राजी नहीं हुआ।

उसने उसे उसके करार की याद दिलाई।

जब वह राजी नहीं हुआ, तो केलेवाला जबरदस्ती पर उतर आया। अबस छोटा था, पर मजबूत था। उसने वहीं पड़े एक लकड़ी के टुकड़े से

उसके सर पर दे मारा। केलेवाले का सारा नशा क्षण भर में हिरण हो गया, लेकिन गुस्सा सातवें आसमान पर पहुँच गया।

केलेवाले ने कहा, "फिर केले के पैसे दे।"

पैसे तो उसके पास थे नहीं, तो कहाँ से देता?

केलेवाला वहाँ से उसे सीधे रेलवे थाना के एक सिपाही के पास लेकर गया और कहा कि यह लड़का चोर है और इसने मेरे केले चुराए हैं।

अबस कहता रह गया कि उसने चुराए, नहीं बल्कि माँगे, तो इसने खुद दिए हैं, लेकिन सिपाही को उसकी बात में कोई दिलचस्पी पैदा न हो सकी।

सिपाही ठेलेवाले से रोज पैसे वसूलता था, इसलिए उसने झटपट ही उसकी बात मान ली। सिपाही वसूली के पैसे थानेदार तक पहुँचाता था, इसलिए थानेदार ने भी बिना किसी देरी के उसकी बात मान ली। उसे स्टेशन पर हो रही घटनाओं पर कुछ कार्रवाई भी दिखलानी थी। इस तरह अबस बच्चों के जेल में भेज दिया गया।

जेल का नाम 'बाल सुधार गृह' था। वहाँ उम्मीद की जाती थी कि बच्चों के व्यवहार में सुधार किया जाएगा। लेकिन वहाँ सुधार के कोई प्रयत्न नहीं होते थे। उसका नाम दरअसल 'बाल बिगाड़ गृह' होना चाहिए था। वहाँ उसकी जो ट्रेनिंग हुई, वैसी ट्रेनिंग दुनिया के किसी भी स्कूल में संभव नहीं थी। वहाँ सुधार के अलावा सबकुछ हुआ। वहाँ एक से बढ़कर एक नशेड़ी, चोर, बलात्कारी, चाकूबाज, पॉकेटमार और तरह-तरह के अपराधी बच्चे मौजूद थे। सबको एक ही कैंपस में रखा गया था। वहाँ अपराध के हिसाब से कोई विभेद नहीं था। वहाँ का शासन सूरज की तरह था, जिसके लिए सब बराबर होते हैं।

अबस जब बच्चों की जेल से छूटकर वापस आया, तो उसे लगा कि वह एक अलग ही आदमी है। उसे दुनिया पहले से छोटी और कमजोर लगी।

घर आकर उसे पता चला कि उसके बाप का देहांत हो चुका है। उसे समझ नहीं आया कि वह इसपर क्या प्रतिक्रिया दे? बाप के मरने का शोक कैसे मनाए? उसने देखा, उसकी माँ के चेहरे पर पहले से ज्यादा रौनक थी। माँ अब पहले से ज्यादा हँसती-बतियाती थी। एक अंकल भी अकसर घर आने लगे थे। यह अंकल उसके बाप जैसा बिल्कुल नहीं था, जब भी आता, तो उसके लिए कुछ खाने का समान लेकर आता था। लेकिन उसे फिर भी उसका घर में आना अच्छा नहीं लगा। अच्छा क्यों नहीं लगता था, इसका कोई ठोस कारण उसे समझ नहीं आ रहा था। लेकिन उसके अवचेतन में कुछ ऐसा था, जिसके कारण उसके प्रति अच्छी भावना उसके मन में नहीं आई। उसने किसी से कुछ कहा नहीं, पर एक दिन वह घर से निकल आया। एक बार फिर से वह स्टेशन पहुँचा। पर इस बार उसकी चाल में आत्मविश्वास था। वहाँ जेल के उसके साथी उससे मिले। केलेवाला भी वहीं था। इस बार अपने दोस्तों के साथ वह केलेवाले के पास गया, पर उसने केला माँगा नहीं, जबरदस्ती उठा लिया और आश्चर्यजनक रूप से केलेवाले ने कुछ नहीं कहा। उसे अपनी ताकत का अहसास हुआ। वह और उसके दोस्त हँसने लगे। उस हँसी के धुएँ में समूचा स्टेशन उड़ता हुआ सा लगा। अब वह उस ताकत का आनंद लेने लगा। वहीं उसे सिपाही भी मिला, वही सिपाही, जिसने उसे जेल भिजवाया था। सिपाही उसका नया बाप बन गया।

वह प्लेटफॉर्म से छोटी-मोटी चीजें उठाता और उसका हिस्सा बराबर से सिपाही को दे आता। सिपाही उससे बड़ी नरमी और प्यार से 'बेटा' कहकर बात करता। रुपया आदमी के स्वभाव में ऐसा परिवर्तन कर देता है, जैसे काँटे फूल में बदल गए हों! समय बीतता रहा। उसके पास अपनी गैंग थी, जिसमें कई लड़के उसके जेल के उसके साथी थे। कुछ वैसे भी लड़के थे, जिनके बाप पियक्कड़ और नकारा थे, पर चोर नहीं थे। कुछ वैसे लड़कों को उसने जोड़ा, जिनके इस दुनिया में कोई न थे। उनके लिए उनका माई-बाप अबस ही बन गया। पूरा तंत्र उससे खुश था और वह तंत्र

से। तंत्र को ठीक रखने का मंत्र उसने जान लिया था और यह मंत्र था पैसा! जब कभी तंत्र की सेहत में कोई गड़बड़ी होती, तब वह सामान उठाने की गति बढ़ा देता। आम यात्रियों में हाहाकार मचता, पर तंत्र की तबीयत हरी हो जाती।

सामान उठाने के इसी क्रम में एक दिन उसने स्टेशन से एक नई, बिना नंबर की मोटरसाइकिल उठा ली। दुर्भाग्य से वह मोटरसाइकिल वहाँ के थानेदार की थी। थानेदार ने बाद में उसे उठा लिया और बेरहमी से पिटाई कर दी। उसे जेल भेज दिया। इस बार वह बड़ों की जेल में गया था। वहाँ उसे ट्रेनिंग भी बड़ों वाली मिली।

उसे जेल जाने का कोई गम नहीं था, पर जिस थानेदार की उसने इतनी सेवा की थी, उसके हाथों पीटे जाने का उसे बड़ा दुःख हुआ।

जेल से वह शीघ्र ही जमानत पर छूट गया। अगर वकीलों को देने के लिए धन हो, तो चोरी कोई बड़ा अपराध नहीं माना जाता। ये अलग बात है कि छोटी-छोटी चोरी के अपराध में भी कई लोग वर्षों तक बिना जमानत के जेल में सजा काटते रहते हैं।

जेल से छूटकर वह इस बार स्टेशन नहीं गया।

"यह भी कोई काम है, पैसे भी दो, बाप भी कहो, फिर भी दो कौड़ी की इज्जत नहीं!" उसने अमिताभ बच्चन की तरह हाथ नचाते हुए अपने दोस्तों से कहा।

उसके दोस्तों ने भी माना कि उसका दोस्त जेल से कुछ अच्छा ही सीखकर आया है, उन्होंने उसकी बात से सहमति जताई।

वह वापस अपनी बस्ती लौट आया। उसने देखा, बस्ती बहुत बदल चुकी है। बजबजाते गंदे नाले पक्के बन चुके हैं। अब नालियों पर बैठकर कोई टट्टी नहीं करता। सार्वजनिक शौचालय बन गए हैं। उसे यह सब देखकर अच्छा लगा।

उसके पास कोई काम नहीं था, लेकिन पैसा था। वह बस्ती में बैठकर शराब पीने लगा। शराब की गंध पाकर बस्ती के लड़के उसके पास ऐसे मँडराने लगे थे, जैसे पराग की गंध पाकर भँवरे। स्टेशन के पुराने साथी भी वहीं आकर बैठने लगे। शीघ्र ही बस्ती के युवाओं को एक नायक मिल गया। जो उनके लिए शराब और चखने का प्रबंध कर रहा था। वह उनका सर्वमान्य लीडर बन गया।

लीडर की कद्र इस देश में सबसे ज्यादा है। विधानसभा का चुनाव आसन्न था। उम्मीदवार को ऐसे ही लीडर की तलाश थी। उसने अबस और उसके दोस्तों की पीठ पर हाथ रखा।

अबस भी खिलाड़ी था, उसने उम्मीदवार का हाथ पीठ से हटाकर पेट पर रख दिया। उम्मीदवार मुस्कराया और उसने अपने आदमी को इशारा कर दिया। अबस का पेट भर दिया गया।

अबस को शीघ्र ही अहसास हो गया कि इस समाज में चोर की इज्जत चाहे हो न हो, चोरी से कमाए पैसे की बहुत इज्जत है।

उसने जिस उम्मीदवार को समर्थन दिया था, वह चुनाव जीत गया। उसके साथ ही अबस की राजनैतिक गाड़ी भी चल निकली। पीठ पर नेता का हाथ बड़े-बड़े चमत्कार करने लगा था। इतने चमत्कार तो संत-फकीर के हाथ सर पर आएँ तब भी नहीं होते। उसे याद आया, टीवी पर एक साधु बता रहे थे कि सतयुग का आगमन हो चुका है। उसे पक्का यकीन हो गया कि सतयुग का आगमन हो चुका है।

वह अच्छी तरह समझ गया कि सतयुग में साधु-संतों का कोई काम नहीं है, नेता ही सर्वोपरि होंगे। उसने एक के बाद दूसरे नेताओं से संबंध गाँठे। उसे बड़े-बड़े ठेके मिलने लगे। अब वह पुल और भवन निर्माण में बालू, सीमेंट और लोहे की चोरी करने लगा। इसमें चोरी जैसा कुछ नहीं था और माल बहुत ज्यादा था। इतने पैसे तो वह स्टेशन पर चोरी करके कभी न कमा पाया था। सबसे अच्छी बात थी कि इस चोरी में उसके पकड़े जाने का

कोई खतरा भी नहीं था। वह बड़ी गाड़ियों में घूमता और लोग उसे सलाम करते। शीघ्र ही वह बस्ती से निकलकर शहर के संभ्रांत इलाके में चला गया। उसके सभी पार्टियों में दोस्त हो गए। दरअसल, सभी पार्टियों के लोग उससे दोस्ती रखना चाहते थे। जिस पार्टी की भी सरकार होती, उसे उसी सरकार का नजदीकी बताया जाता। धन, धन को खींचता है, ताकत, ताकत को खींचती है। इसीलिए अमीर अधिक अमीर बनता जाता है, शक्तिशाली अधिक शक्तिशाली बनता जाता है। वह भी समय के साथ अधिक धनवान, अधिक शक्तिशाली बनता गया। उसके ताकतवर बनते ही उसके समाज के लोगों ने उसे अपना नायक मान लिया। बस्ती में रहते हुए जिस समाज ने कभी उसकी सुध नहीं ली, कभी उसे नहीं बताया कि उसका कोई समाज भी है, उसी में से कई लोग अब उससे संबंध बनाकर रखना चाहते थे। जो लोग उस तक नहीं पहुँच पाते, वे उसकी माँ से मेलजोल रखते। यद्यपि कि उसकी माँ उसके बाप के मरने के बाद नए आदमी के साथ रह रही थी। लेकिन उसके इस व्यवहार को समाज ने नजरंदाज करने के लायक समझा एवं उसके पियक्कड़ बाप को 'धन्य' घोषित किया गया, जिसने ऐसे सपूत को जन्म दिया था, जिसने समाज का नाम रोशन किया था।

अगले चुनाव में उसके समाज की बहुसंख्या वाली सीट से उसे चुनाव लड़ने का ऑफर मिला। विपक्षी पार्टियों ने बहुत शोर मचाया कि यह उम्मीदवार चोर है और चोरी के इल्जाम में जेल भी गया है, लेकिन उनकी बातों को सुनने के लिए जनता तैयार नहीं हुई। सबने उसे अपने समाज का नायक माना। फिर तो उसे चुनाव जीतने में कोई बाधा ही नहीं रही।

चुनाव जीतने के बात मुख्यमंत्री पर उस समाज से मंत्री चुनने का दबाव आया। यह पूरे शहर के लिए गौरव की बात थी कि शहर का एक आदमी मंत्री बन रहा है। इसी बात की खुशी का उत्सव मनाने के लिए शहर में जुलूस निकाला गया एवं अभिनंदन समारोह का आयोजन किया गया था। समारोह में नए मंत्री ने भावुक करने वाला भाषण दिया और लोकतंत्र

की दुहाई दी, जिसमें उसके जैसा कमजोर तबके से आनेवाला व्यक्ति भी सरकार में महत्त्वपूर्ण पद तक पहुँच सकता है। सबने कहा गरीब बस्ती से निकला हुआ बच्चा, कैसा गजब का भाषण देता है!

अब वह देश में अनेक लोगों के लिए प्रेरणास्रोत बन चुका था। उसके समाज के एक प्रतिष्ठित व्यक्ति ने अपनी बेटी का हाथ एक दिन उसके हाथों में सौंप दिया। फिर उस प्रतिष्ठित आदमी ने उसे धंधे के नए गुर सिखाए। जिसके बाद वह अस्पताल और स्कूल के नए धंधे में भी हाथ आजमाने लगा। वहाँ उसने पाया कि यह धंधा तो पहले के दोनों धंधों से भी ज्यादा फायदे का था! मनचाही लूट के बाद भी न चोर कहे जाने का रिस्क था और न ही पकड़े जाने का खतरा। उसकी प्रतिष्ठा समाज में और भी बढ़ गई।

अब वह जनता का सच्चे अर्थों में सेवक भी बन चुका था।

□□□